文／史提夫‧羅德斯 Steve Rhodes

翻譯／Lallen Sai

U0040720

The Prophecy of Ra Uru Hu

拉‧烏盧‧胡 的

人類
大預言

每個獨特的知識，
總有它的獨一無二故事

人類設計（Human Design，下稱 HD）的故事，不管從哪個面向切入，都非常引人入勝，因而這門學問從問世以來，在全球掀起了一波學習、探詢與實驗的風潮。不管你知不知道、相不相信 Ra 接收 HD 訊息與宇宙奧秘的奇遇，這套知識卻是真實存在，並全面展現出經得起測試的完美可能。

本書發行的緣起與過程蘊含著滿滿的故事。作為策劃人，能順利推出中文版，要率先感謝故事的主人翁、也是故事的傳訊者－人類設計系統的創辦人－拉・烏盧・胡，沒有他，這套學說不知何時才會出現，甚至沒可能出現。

第二位要感謝的是作者史提夫・羅德斯老師。任何跟金錢或名譽沾上邊的事情，總有它的 drama。若非因緣際會使他離開原本所屬的體系、並創立了既傳承又嶄新的獨立學派，這本書同樣可能只會石沉大海。

而特別要鄭重感謝的，是推動史提夫老師著作中文化的前策劃人，也是我已故的閉門學生及戰友冼耀華先生（朋友喚他 Simon，HD 同修叫他 Mensa）。沒有他的認同與支持，

我也許還只是香港的一個 HD 小小分析師，不可能為人生描繪出更美的生命藍圖，不停地擴張直至今日。

包括史提夫老師著作及網站的中文化工作，一直由 Simon 負責；奈何天妒英才，他在系列書籍中文化的過程中病逝。而後，史提夫老師對 HD 知識有了新的發現與見解，不但撤下早前發行的《班圖》及《人類設計：解讀之道》二書，也重新編輯這本「預言之書」，並撰寫了更為宏大的班圖新學說《The God Code》（暫譯：神聖密碼）來體現突變的本質。

過去兩年，我持續協助班圖網站的資訊更新與書籍中文化的工作，會這麼做除了契合對於推廣 HD 多元知識的自我期許，也是為了完成 Simon 的夢想；即便工作與家庭再忙，手頭資金也不算闊綽，我仍認為這些都勢在必行。

預言之書終於發行，內容繼往開來，資訊量豐富，相信會是令人滿足的好作品。慶幸這段期間獲得諸多配合與支持，以及《基因天命》譯者之一的 Gwai 從台南幫忙校稿與北上辦理前導宣傳活動。一切付出都是值得的。再次感謝支持我們向全球華人推動人類設計知識的同好與朋友，也祝願大家不論有錢沒錢，都不再輕易被制約，能夠找到自己的豐盛天地，也為社會作出更大的貢獻，謝謝！

總策劃人
大中華首席人類設計專家及指導師 // 基因天命亞洲區導師
Eric Chan 陳冠達

你受夠人生了？
要不試試從宇宙的宏觀角度，
重審自身存在價值？

　　對於有在接觸人類設計的同好來說，又一本 HD 著作的中文版問世，實在是個好消息。因為這本涵蓋了過去、現在、未來以及很久很久以後的未來的預言之書，是再開啟另一段新鮮旅程的契機。

　　出自跟著祖師爺學習人類設計七年之久的學生 Steve 之手的這份紀錄，為讀者揭露了人類設計課程《宇宙學》的諸多奧祕。全書呈現出的奇幻與現實，在協助校對的過程中，不斷帶來又驚又喜又困惑的衝擊，讓我屢屢放下書稿，拿出筆記本塗塗寫寫，甚至討教 HD 專家，試圖釐清那些乍看簡單卻充滿複雜細節的內涵，來累積我對人類設計的認識，並修正我過往以為的「事實」。我認為這是本書的最大魅力。

　　正因如此，我覺得預言書對某些朋友可能會是一本不太容易親近的讀物。畢竟行為經濟學理論派對人類心智的定論是：「人類是那種會優先處理較近未來的事，而非較遠未來的事的物種。」

　　也就是說，比起因為讀了這本書而知道 2027 年 2 月開始

將陸續誕生在地球上的銳（Rave）的模樣，乃至幾十億年後的物種玉龍（Eron）有多完美等知識，相較於我們現在要怎麼活得快樂？該如何找到自己、進而愛自己？之類的「現實問題」，感覺起來並不是太重要的事情。

　　所以，我在三月中旬應人類設計同好邀請而辦理的本書發行前導活動中，跟與會的朋友分享道：這是一本「有答案、但答案和你不太相關」的故事書。

　　這不是說這本書不具可讀性，只是如果你打開、閱覽這本書的出發點是「想搞定自己」，那這本書也許不是你企求的「解決之道」。

　　可若是你所進行的人類設計實驗，正因為過度聚焦在自己身上而遇到某種瓶頸（對，沒人跟你保證過「做自己」人生就會從此高枕無憂一帆風順），想要從另一種角度來思索人生意義，那麼，翻看這本宏觀談論宇宙運作機制的預言書，可能就是某種解套。

　　人類設計這門學問關注的真的不只是個人層面的議題，

讀了這本書，你會知道宇宙是如此之大、如此不可思議，且以「億」為基本單位在運作的整個演化機制期程是如此綿長。相對之下，你我所棲身的這副僅能存在八十餘年的區區天王星身體所主演的電影，對宇宙總體來說真的是一眨眼的事。而對你十足重要的喜悅、煩惱、憤怒、執著，某程度上，其實也都不算什麼了，不是嗎？

Steve 在本書舊版中有段作者後記（中文版所依據的原文版本裡並未收錄），我特別喜歡他所提的一段話：

許多人在把人類設計摸得滾瓜爛熟後所犯下的最大錯誤是：他們認為自己知道自己是誰，明白自己的可能模樣以及將臨的未來景況。但真正覺醒的人從不知道自己的真實樣貌，他們不會拿腦袋用來自我描繪的術語去定義自己。人類設計如同世間其他的知識、真理乃至尋常資訊一般，會不斷透過不同分形線上相異的水晶過濾並加入特定訊息而流竄，是不斷變化的智慧。

你今天懂很多，不代表你真的認識自己，既然不可能完全認識自己，那好好的、慢慢的、以各式各樣的方式做實驗，大概就是這一輩子都得繼續的旅程。意識水晶進駐於我們體內，你我也會跟著進化，無需自以為是、不用跟別人比高低，敞開胸懷迎接各種可能性（再好好篩選什麼適合你、哪些不OK），這就是完美，這就是做自己。

感恩祖師爺傳遞了 Human Design 的智慧，謝謝 Steve 以自己的方式分享了獨特的資訊，也恭喜 Eric 完成了本書中文化上市的目標，還要感激在校對期間提供專業意見的朋友

們以及辛苦的譯者，更要祝福拿起、購買這本書的有緣人，
願你能盡情享受這本書帶來的樂趣，從中獲得生命的智慧！

《基因天命》譯者、本書審定校對
deeps gwai 1/3 生產者

一個傳奇的誕生！
人類設計尋本溯源必讀

感謝 Eric 老師繼《基因天命》後再一次將善知識帶給華文世界。Steve Rhodes 老師的 The Prophecy of Ra Uru Hu 原版面世時我就在亞馬遜入手了，卻非常慚愧沒有讀完。後來立心翻找祖師爺 Ra 的歷史並進行中譯時借用當中一小段落，並成立《人類設計譯史館》（https://medium.com/humandesignhistory）這個小園地意圖讓大家了解更多人類設計歷史。但要探究最原始最精深的內容，當然要讓專業的來。

這本由 Eric 老師策劃，Deeps Gwai 監修的巨作由決定出版到面世，勘誤和推敲原文的功夫絕對不會比《基因天命》少，期間團隊更多次向 Steve 老師進行確認務求達致最佳演繹，絕對是心血之作。Ra 的天啟經歷是癡人說夢還是真有奇事？由 Ra 的入室弟子 Steve 老師將此段奇遇娓娓道來絕對是最適合人選。

除此以外，Steve 老師亦將自 2003 年開始直接跟隨 Ra 學習以來所得毫無保留地與大眾分享。這絕對不是「一本讀懂 _____」類型的著作，卻能引領大家了解人類設計當中更深入、更廣闊的面向。例如家中寵物有沒有人類設計架構？人類設計談死亡是什麼、2027 年後將何去何從……這些或多或少於各派不同人類設計課程曾經談論的內容在書中都有涉獵，相信能滿足對人類設計知識有進一步追求的讀者。

　　最後感謝已故香港人類設計學會副主席 Mensa 思聞老師，是他帶領我們認識 Steve 老師的學習系統，開啟我們的眼界。願你在天家安好。

總策劃人
《人類設計譯史館》主理
Daisy Maris Fung 5/1 執行者

目次

拉・烏盧・胡的人類大預言

對他者而言，每個人都是深奧的祕密與謎題。
細想起來，這可真是美妙。

——查爾斯·狄更斯

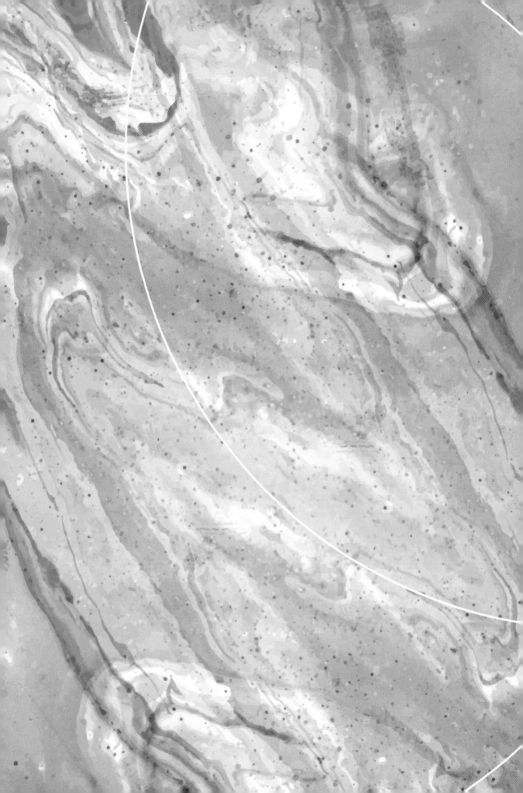

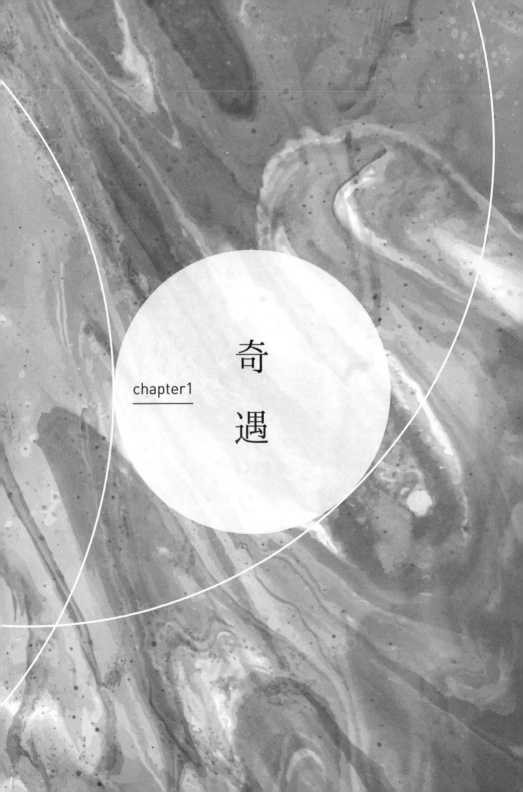

chapter1

奇遇

關於這個故事，Ra 一開始覺得除了「瘋狂」之外不做他想。這並不尋常。就算跟多數真相揭示的方式相比，還是極不尋常。因為他生性多疑，經過那麼多年都不去說這段奇遇故事，對他而言並不困難；畢竟那太瘋狂也無從證明。但這正是說故事的樂趣。

反正他早就瘋了。以任何社會標準來看，Ra 在這段奇遇之前早就發狂了。當時，他住在伊維薩（Ibiza）這座地中海島的荒郊野嶺，過著極為孤獨的日子，但他毫不在意。他逢場作戲；也不去想自己經歷的一切，因為那太駭人。他裝作自己早已失去，無論那代表什麼。他時值中年，對於事物的運作也明白得夠多。關於自己的瘋狂，讓他意外的是其實那非常具娛樂性。縱情瘋狂，徹底擺脫定義西方文明的一切，是發生在他身上最好玩的事。

那是 1987 年 1 月 3 日。Ra 住在一處被當地人稱為「ruina」❶的廢墟。數百年前建造的這幢破屋，前面有一窪乾涸的池子和一口舊時的水井。原本的前門和房子的大部分結構早已崩壞，只有一個入口及一條拱道，通往現在看來似乎是院子的地方。約莫兩百年前的住戶把水用光了。在過去，一旦你把水用光，就不可能在這樣的住所過活。

你無法種植任何東西來謀生。這棟建物的屋況隨著時間緩慢惡化。1984 年時，Ra 首次看到這座廢墟，當時他向產權所有人承租位於廢墟下方，名為「C'as Coxtu」的主屋。那是

在他開始荒野生活的幾年之前。地主過去曾把廢墟轉為主屋的某種客房，是個簡樸、小巧的封閉處所。原屋唯一保留下來的就只有這間房。其餘部分皆化為殘壁。房子看來不怎麼樣，但還算實用。

Ra 有個英國詩人朋友，曾經沒有棲身之處。Ra 跟他說可以來那座小廢墟住，那時他自個兒仍住在租來的主屋。不久之後，Ra 從自己的生活出走、拋下一切，而詩人朋友則給他報了恩。有天，詩人來找 Ra，跟他說：「我有個地方給你住。你應該真正地遠離現實。你身處世俗太久了。何不過來住在你當初給我的這座廢墟呢？反正我得回英國去了。」而這，就是 Ra 最後踏入那奇異之處的緣由。

這廢墟有扇巨大的木門，得用十九世紀那種非常古老風格的大把鐵製萬能鑰匙打開。早在 Ra 知道伊維薩島這地方之前，他一天到晚塗鴉。而他最常畫的就是這把鑰匙。一次又一次反覆地畫。在他女兒出生的那段期間，他都畫在日記裡。那是他生命的圖像日記，沒有隻字片語，裡頭都是塗鴉。每一頁都畫有這把鑰匙，而後來，他手上拿著這把鑰匙，在只有用這鑰匙才能打開的房間裡生活。

---

❶ ruina 是西班牙文的廢墟。

天色漸暗。時間不算晚，但一月的伊維薩島天黑得比較早。Ra 正在回廢墟的路上。他剛被招待完免費的一頓飯，這對他總是一大樂事，畢竟那些日子裡他不太常進食。他身上幾乎只有肌肉和骨頭，沒有太多其他東西。當地有對荷蘭夫妻，著迷於 Ra 的人生，儘管有些人認為 Ra 根本是惡名昭彰，甚至危險。他們單純被 Ra 吸引，所以一星期會去接他一次。他們把他帶回家，打開錄音機，然後讓他講話。Ra 會聊他的過往經歷，接著這對夫妻會給他一頓美味的午餐、一些西班牙幣，再送他回家。這讓他得以過活。

那特別之日的早晨，他的嘴巴因為牙疼而痛苦不已。荷蘭夫妻為他做了些順勢療法，但那對他沒什麼作用。然後他們載他回到最靠近廢墟的大路旁。他開始走上山坡，從馬路沿著小徑，拖著疲憊的步伐往廢墟前進。而他那頭半野生的狗兒大麥‧巴克，聞到他的氣味，就從山上跑下來迎接他。大麥十分凶惡。牠是天生的殺手。牠有個從不餵牠的主人，畢竟主人自己也沒食物可吃。大麥得自求溫飽，所以牠會去獵羊。牠在出生後兩天認識了 Ra，是朋友的女兒送他的。狗兒認得他的氣味也喜歡他，但牠不怎麼喜歡其他人。牠獸性十足。Ra 曾在某天，眼看牠在一場狗架中幹掉了另一隻狗。Ra 一踏上通往廢墟的小徑，大麥就感應到他了。當時 Ra 的生命和動物有著深刻的連結，所以，在大麥過來打了招呼後，他們開始一同朝廢墟走去。

廢墟只有一個房間，非常簡樸，而且也許只有 12.5 公尺

大。房裡有個平台，Ra 就睡在上頭。只要一開門，立刻就能看到平台。裡頭還有一張用磚頭堆疊並鋪上木板做成的桌子，以及一把椅子。有一面滿是架子的牆；牆的左手邊擺滿各式各樣的書，而右邊則是瓶瓶罐罐的草藥植物。這些都是他那位詩人朋友的。屋內還有一些當地的法籍藝術家帕斯可製作的面具。他以前也製作蝴蝶吊飾在市場裡販售，他那裝滿材料和工具的箱子同樣也在屋裡。睡覺用的平台上方，吊著一盞完全乾枯的煤油燈。要取得煤油得去到島的另一邊。但 Ra 既沒錢也沒交通工具，所以除了偶爾點燃的蠟燭之外，廢墟入夜後總是一片漆黑。Ra 是牡羊座，而他也把生活過得像羊一樣。日出起床，日落睡覺。而這也是他在走回廢墟時打算做的，睡覺。

廢墟就在眼前，有光從門底下透了出來。當一人一犬抵達、看見門底下的光時，Ra 覺得滑稽。就是種古怪的感覺。確實，在那道光映入眼簾之前，他就已經感受到胃部肌肉的緊縮，他也知道狗狗同樣覺得干擾。大麥通常會在前頭領路，但現在卻躲在他身後。廢墟的鑰匙只有 Ra 手上這把，其他人不可能有這麼古老的鑰匙，而門是鎖著的，沒有別條路可以進到屋子裡，何況根本不會有誰這麼閒閒沒事幹。畢竟他被認為是當地的瘋子。沒有人會想靠近他。這真的很詭異。

黑暗已將夜幕完全調黑，萬千星光開始在天空閃耀。現在，Ra 離門非常近，並對著門大叫。他喊出極具諷刺意味的「誰在那？（Who is there?）」但沒得到任何答案。廢墟位

在山丘上，下面是山谷。另一側則是群山環繞。那一刻，在黑暗之中，伴著那道門下之光，他聽到自己的聲音透過山谷迴盪。「誰在那裡？」（Hu 在那裡。）❶

他緊張地把鑰匙插進門裡。而接著發生的事情並不是循序相繼的。那是某種整合在一起的動作，他在後來可以將這一切拆解成好幾部分，但那和他所經歷的並不相同。他開了門鎖，用手將門往左推進屋內。煤油燈被點亮並沿著他的床順時針轉動。這是他注意到的第一件事。就在同時，他的狗兒大麥跨過了門檻。當他也這麼做時，他覺得就像被近距離開了槍一般。突如其來的壓力湧入 Ra 的腦袋，在壓力之中，Ra 聽到了一個聲音。那並不悅耳，像是個帶有菸嗓的 155 歲老女人的聲音。那聲音黑暗、嚴厲、冷酷且嚇人，還帶有 Ra 搞不清楚的智慧韻味。

當他聽到那個聲音——在狗兒攤垮在地而提燈不斷盤旋時——他的身體轟然出水。水從他的頭部、手臂、腿和股溝噴湧而出。地板上有一大灘體液。這種超速脫水的身體感受極為痛苦。而伴隨著痛苦出現的，是那個聲音。它說：「你準備好工作了嗎？」

這可不是個問句。真的不是。狗兒躺在地上的水池裡，聲音下了「把狗移開」的命令，所以 Ra 把狗拖到桌子底下，而牠接下來的八天也都待在那兒。這段期間大麥動也不動，牠看起來也沒在呼吸。接著，Ra 把門關上。

如果你曾經對 Ra 下過指導棋，很有可能他這輩子都不會再看你一眼。他大半的成人歲月，都是個會貶抑他人智商的囂張自大狂。他不屑任何權威。但在那個時間、那個狀態下，他幾乎就像條受到驚嚇、乖乖聽話的狗。他覺得自己宛如跑了場沒有飲料補給的馬拉松，身體的每條肌肉都開始抽筋絞痛。那樣的疼痛程度難以言喻，畢竟痛苦是比較出來的，但他這輩子從未有過比這還痛的經驗。他的身體遭受侵犯。他承受極大的苦楚，覺得自己好像被強暴了。這一切發生得太快，有一瞬間他還以為自己就要死去。但奇怪的事接著發生。他的右髖骨浮現某種感覺。「能量衣」大概是最適切的描述詞。它從髖骨開始同時向上也向下移動，感覺像是你的腳陷入昏迷而漸漸麻木。

　　這件能量衣並沒有讓痛苦消失不見，但把痛苦變得可以忍受。在接下來的八天八夜，Ra 摸不著也感受不到自己的皮膚。而聲音則派了不少工作給他。

　　房裡有一具帶有兩個爐口的瓦斯爐。Ra 要做的第一件事是在上頭點火。在爐火點燃之際，他脖子上的汗毛直豎而起。一道直徑大概兩寸的霓虹藍光倏地在房間中央盤旋。聲音要 Ra 跟隨那道光。在早年那狂野的解構主義時期，Ra 始終戴著一頂回教頭飾，家裡牆上還掛著一件某人從緬甸買給他的佛

---

❶ 原文 Hu is there. 是雙關語，呼應 Ra 全名（Ra Uru Hu）的最後一個字。

教袈裟。那道光穿過了袈裟，所以 Ra 把它披上。光接著往書區去，點選了英王欽定本《新約》聖經、印度教的《薄伽梵歌》❶和史丹佛大學的生物學課本。根據指示，他將那幾本書全放在平台上。屋內還有一張皮革編織的棋盤，與一卷以前藝術家拿來做蝴蝶的銅線。Ra 必須把這各式各樣的物品搜集起來，跟平台上的書擺在一起。

接著，他被要求從架上取來草藥——當然，他根本不知道罐子裡裝的到底是什麼。先前住在那裡的傢伙算是某種草藥師，會在島上來回搜尋各式各樣的根莖與草本，來製作這些奇怪的調合物。那道光會往特定的罐子移動，並要 Ra 把那些草藥直接放在火上燃燒。漸漸地，房間開始瀰漫煙霧。Ra 得戴上帕斯可留在房裡的其中一張面具。

那張面具的中間，有條橫過鼻子的裂縫。這畫面看來相當瘋狂。

在燃燒草藥而滿是煙霧的屋裡，Ra 盤腿坐在平台上，頭上披著袈裟，還戴了張有裂縫的面具。面前是棋盤、線圈、書本和被他湊在一塊的其他物品。

接下來，最奇怪的事發生了。那道光飛到書架最頂端的右側，那兒看來有個橘色的條板箱。他得爬上桌子才能構到並把箱子拉下來。箱子裡裝的是巨大的蝴蝶翅膀半成品。那道光進了箱子，接著猛然往下飛向一疊報紙。Ra 摸到報紙後把它抽了出來。那份刊物是西班牙當地的《馬略卡島每日公

報》。頭版頭條是 1986 年 12 月的墨西哥地震，就發生在 Ra 這場奇遇的不久之前。頭版還有另一篇故事，一個名叫以色列‧狄亞茲的男士，試圖把埋在瓦礫堆底下八天的懷孕妻子挖出來。這篇故事報導了他如何把妻子連同腹中胎兒一起拯救出來。然後，Ra 把報紙的頭版取出，鋪在他床上那一堆東西上頭。在床腳邊，還有一些射線圖（Ray charts），那是他對神智學❷思想的研究。他給認識的人都畫了圖。聲音要 Ra 從中挑出一張他認識的男人的圖，再將圖放到火上。Ra 把圖放在悶燒的草藥上頭，就回平台坐下。

突然間，他聽到許多聲音。那很怪異。

他聽到的主要是西班牙語的交談，所以他根本不懂那些聲音在講什麼。但無所謂，反正 Ra 已經被眼前所見嚇著了：一張在火焰上頭的紙竟然沒被燒著。雖然紙沒有燃燒，卻充斥著像說話聲和噪音等各種聲響。在某一刻，他變得非常疲憊，並接收到一段話，那是他將接獲的三句真言中的頭一句。他絲毫不知箇中意義。在覆誦幾次真言後，那張紙在火焰中

---

❶《薄伽梵歌》是印度教的重要經典，也簡稱爲神之歌。成書於西元前五至二世紀。

❶ 神智學（Theosophy）是一種神祕主義學說，認爲世上宗教都是由已經失傳的「神祕信條」演化而生。神祕信條的概念裡有七道射線（Ray），分別代表最高層次的七種原始存在，是宇宙萬物的種子。Ra 所繪製的應該是相關的圖像。

爆炸而消失無蹤。筋疲力竭的 Ra，往後倒向平台。他覺得自己好像浮著，身體完全感覺不到平台。接著，聲音開始教導他。

　　這感覺很棒，因為在聲音說話時，Ra 沒有痛苦。他漂浮在一種「訊息場」中。聲音跟他講大霹靂的故事，但它稱之為意識水晶及存在本質的故事。Ra 從沒聽過類似的東西。他沉默著。他從來不知道自己能這麼沉默。這一切都非常奇怪。外頭正在下雨，事實上，不只是下雨，而是滂沱大雨。Ra 記得自己漂浮了整夜，沒有清醒也不算睡著。那樣的痛苦讓他無法入眠，睡著沒他想像得容易，而他不餓也不渴。終於，晨光照了進來，聲音說屋外有人，他應該去開門。那兒的確站了兩個人。一個英國人和他的印度女友。Ra 放進火裡燒的圖就是**他**的。

　　英國人的表情看起來非常困惑，因為他倆本來在離開這座島前往法國的路上，已經搭船渡海，但不知道為什麼，他們突然就覺得非來見 Ra 不可而折返。所以他們站在門口，而聲音叫 Ra 讓他們進去，他也照辦了。那場景相當古怪。女子坐在椅子上，旁邊是一動也不動、沒有呼吸，也沒被注意到的狗。英國人則坐在平台離 Ra 最遠的那端。接著，聲音要 Ra 跟他們講解意識水晶。

　　然後，聲音騙了 Ra。它跟 Ra 說：「告訴那個英國人，你可以把屬於他的水晶交給他。」Ra 告訴他們要拿水晶就傍

晚再過來。接著聲音跟 Ra 說，把他們趕出去，他也就這麼幹了。

把門關上後，他往桌子走去，緊接而來的，是這段奇遇中他首度體會到的具象魔幻。他畫了張圖。這是超乎想像的經驗。他感受不到手上的筆。關於那些數字和其他有的沒的，統統都是他被告知如何做、怎麼畫、什麼該放在哪個位置的，總之，這個經驗非常奇特。

當晚，英國人和女友照指示回到廢墟。Ra 邀他們進屋然後關門。女子和白天一樣坐在桌子旁的位子上，英國人則和 Ra 坐在平台上。Ra 再次披上袈裟，戴上破掉的面具，也給了英國人另一副。接著，他像之前那樣再次把草藥丟進火裡，房間滿是煙霧。

對於自己正在做的事情，Ra 根本一點也搞不懂。他別無選擇地被捲入這部荒誕電影裡。英國人盯著 Ra，好奇接下來會發生什麼，可是 Ra 毫無頭緒。Ra 曾跟他說，會讓他得到應得的水晶，但這句話的意思他一無所知。這時，緊張感升高，突然間，一道光從英國人的右耳跑出來。這是一道微小、顫動著的立體白光。它筆直上揚後，飛往 Ra 的頭部並鑽了進去。光進入 Ra 頭部的那瞬間，英國人開始嘔吐。不只是乾嘔而已，他開始吐出一堆 Ra 從沒看過的東西。他感到腎上腺素急速激增。接著，聲音要 Ra 把他們送走。

女人起身出了門，但英國人動彈不得還持續嘔吐。Ra 抓起英國人屁股下的床單，連同人一起拖拉，把他扔到廢墟門外的水坑後，用力把門甩上。

大概三年後，Ra 和英國人重逢，對方宣稱 Ra 竊取了他的心智。也因受此事件影響，他有好幾年無法自理生活。

在 Ra 進入這段體驗時，他的名字只是 Ra。但這之後，他成了 Ra Uru Hu，這是聲音為他加上的封號。Uru 就是進入他身體的那道白光。只要他閉上眼睛，就能看到它。直到去世之前，Ra 不斷地看到它。這道光是活的。他會和這道光溝通。

曼陀羅輪❶和閘門❷位置是其中一件神奇的事。弄出這些的是 Uru，而不是 Ra。這樣的共生很奇怪，而 Ra 也不知道那到底是什麼。它不像光所說的那樣。

在英國人和女人離開後，聲音嚴肅了起來。Ra 記得他背靠牆坐在平台上，對體內的那道白光困惑不已。在恐慌之間，他突然覺得有人帶著他動作。他的頭以你能想像的最大程度急速回轉。扭轉的角度大到讓他幾乎無法呼吸，而就在這一刻，有另外三道光直接竄入他的身軀。Ra 從沒受過槍擊，但這感覺起來大概就是那樣。當時他覺得自己就快死了。他不可能熬得過去。他無法呼吸，而且從光進去的地方到他的胸口，也都痛得要命。無論那是什麼，他都能感覺到那些東西。他知道那些光在體內，卻不知道它們做了什麼。他也無法

確定它們到底有沒有離開。他所知道的就只有無法形容的痛苦。當這一切結束時，他漂浮著，沒有碰到任何東西。他閉著眼睛看著光，意識到它會以上上下下和繞圈的動作來回應對錯有無。

後來，他和光更進一步找到真正的溝通方式。這場奇遇後的幾年裡，Ra 老是認為光應該會離開。不管其目的為何，光從沒告訴他該做什麼，他們的溝通也總深受限制。在這段經歷後，Ra 過著比較正常的生活，組織了家庭，做了一些對世界有建設性的好事，

但體內那個奇怪的東西，仍不時有話要說。

第三天相當駭人，Ra 記得在他親眼看見之前，就已經感受到那樣的恐怖。但前幾晚也同樣離奇。他無法入眠，卻也沒有全然清醒。所以，當第三天那道光乍現時，對於接下來會發生的事，Ra 也有那麼點概念了。他覺得古怪，在他睜眼試著聚焦時，他發現自己沒了皮膚，全身被鱗片覆蓋。他的

---

❶ 曼陀羅門：人類設計用語，是「聲音」透過 Ra 提出的整合體系，包含四個古老的系統：占星、易經、印度脈輪及卡巴拉生命之樹。

❷ 閘門：人類設計用語，易經的六十四卦由曼陀羅外輪移動到人體圖上時，即稱為閘門。

性徵也消失得無影無蹤。如果你想知道所謂的恐慌與驚嚇是什麼，這就是了。不管是誰，此時會在意的應該就只有鱗片到底會不會褪去，生殖器會不會回來。那就像某種科幻的爬蟲類生物一樣嚇人。不過鱗片終究還是消失了。經過好幾小時，在某一瞬間都不見了。他的身體總算復元。

這一晚，聲音帶他出門進到院子。那裡有一塊破鏡子，Ra 不得不站在它前面。他獲得一趟神奇奧妙的前世之旅。各式各樣的景像充斥其中，一張又一張如煙霧般的朦朧臉龐接續浮現。這並不像他在看故事。每當他盯著一張臉時，就有種奇怪的感覺。展現在他眼前的，全都是他的個性水晶在這一回合（Round）❶中，經歷過的數以百計的生生世世。這段旅程十分冗長，所回顧的數量多到可怕。Ra 後來曾說，和整個奇遇的其他強烈經歷相比，這部分無聊得很。對於前世種種，他沒有啥感覺或特別的興趣。事實上，當聲音對他訴說關於他自己的事情時，他並未樂在其中。比起處理這些他聽到的「你曾是這個那個」的瘋狂訊息，從這段經歷中存活下來更為有趣。

聲音並沒有跟 Ra 說明這些知識的用途，以及這段經驗的意義。很明顯地，他得自己猜。這段經歷既精采又令人困惑。他感覺這就像多重人格。

舉例來說，在他被傳授關於圖像❷的內容時，圖裡的每個能量中心突然都有了聲音。它們從他體內，從他擁有的中

心對他說話。非常奇妙，也相當可怕。內在的這些聲音有男有女、有老有少，彼此議論交談著。

人們總好奇 Ra 如何接收到的這些訊息，畢竟數量多到令人難以置信。我猜，能夠說明這件事的唯一方式，就是某些訊息被植入他體內了。

在那八天八夜裡，Ra 沒怎麼說話。他只提過兩個疑問，聲音也做了回應。其中一個是他對狗兒的擔心，另一個則是他對於這些訊息的困惑。他想知道起源是什麼，聲音的回答是：「從字母之書❸來的（From the Book of Letters）」。

許多年後的一趟美國行，有位女子去找 Ra，跟他聊了她

---

❶ 據聲音傳遞的訊息，地球從西元前 16513 年起，開始了一段又一段的回合機制運作。目前走的回合主題是由 37、40、9 和 16 閘門組成的「計畫十字（Cross of Planning）」。回合的其他概念詳見後續章節。

❷ 原文為 Graph，指的是人類設計中的人體圖。該圖由迴路與能量中心組成，位於曼陀羅的中間位置，是人類設計最主要的分析工具。

❸ 關於字母之書，可參見 Ra 在 1995 年出版的《白皮書》（The White Book）。這本兩百七十餘頁的書講述了人體圖結構、運作機制及詮釋方式，是 Human Design 的發展基礎。

的一個朋友。那個朋友在 1987 年一月時發瘋，並就此失去自理生活的能力。那個人做的最後一件事，就是在日誌上寫下：「從字母之書來的。」之後他從未再提筆寫下任何東西。

到底 Ra 是如何接收到這些訊息？這可以解釋成 Ra 十分接近源頭。廢墟座落於乾涸的水池之上，並連接到設計水晶束❶出現的洞穴。那是過去的其他信使從未接觸過的。其他人所連結的通常是個性水晶束。而 Ra 所接收的則是源自形體原則❷的總體。他就坐在其上，透過微中子流和氣場的交流而吸收。

他親眼、親耳接收了許多神奇難解的事物。他多年以後回顧，理解到能擁有這麼奇特的經驗，是多麼不可思議、多麼榮幸，但在當下，他只有對痛苦的厭倦而已。

奇遇的尾聲很美，是所有結局該有的樣子。第八天，聲音要他登上比廢墟更高的山上，那是有著壯麗景觀、絕美而遺世的地方。所以他爬上去，然後坐下。時間約莫正午，聲音告訴他，它要離開了，接著又對他下了最詭異的要求：它要 Ra 直視太陽。「開什麼玩笑啊！」他對於經歷了那些瘋狂之後還得盯著太陽看這件事十分惱火，但他還是照辦了。他認為自己應該會瞎掉。聲音給了他最後的真言，並對他說：「你的名字是 Ra，而太陽是你的**狗**，所以，看著它。」

所以 Ra 坐著，對著太陽睜眼。當他這麼做時，聲音走了。

睜大眼睛直視太陽是種驚人的經驗，陽光燒進他的眼裡，往下延伸到食道。那種灼熱感，就像你猛然喝下一杯威士忌。它一路燒進胃，就像在裡頭點了火。

　　那時，Ra 看見了神祕的藍天使，與太陽的脈衝共舞著。當你望向太陽，你會發現它是活生生的，如果你只是這樣行走於世的話，你不會注意到這件事。你看不見它的呼吸。當你全然注視它而毫無畏懼，你會看見它鮮活的呼吸與脈動。你甚至能感知太陽的意識。

　　他坐在那裡好幾小時。在某一刻，他站了起來並緩緩地動身下山。當他這麼做時，跑上來迎接他的，是狗兒大麥。整整八天，牠毫無動靜、沒有呼吸、沒有進食飲水，而牠仍健在，沿路搖尾蹦蹦跳跳而來。

　　這一切結束了，但他仍未放下。雖然他以為他辦得到。你得夠幸運，才能在長長的人生中擁有這種魔法，來跳脫、甚至超越生命的面紗。像 Ra 這樣的虛無主義者，卻與這個力量相遇。Ra 仍只是個孑然於世的怪胎，一無所有，除了這門

---

❶所謂的「水晶束」是夾帶了微中子的能量串，在人類設計中，這些能量串有成千上萬的來源，並區分為設計水晶束和個性水晶束，後續章節有進一步的解說。

❷ Form Principle：為人類設計系統的基礎。

知識之外，什麼都沒有。

在這段奇遇之後，他經歷了此生唯一一段消沉期，畢竟這不是那種你可以跟太多人傾吐的故事。這是個弔詭的故事，以我們文化的運作模式看來，甚至會嚇壞某些人，因為他們會賦予這件事別種錯誤的投射。走過這般歷程，處在那樣的時空，接著，把一切拋掉，重新回到凡人身軀，實在痛苦。

你知道這身皮囊有重量與形體；它需要食物，而這世界充滿了蠢蛋。你不可能到處跑來跑去，跟別人說「聲音」告訴你這世界如何運作。

某種程度上，Ra 對自己感到抱歉，但不是因為自己過去的作為——他已經是個異於尋常的怪胎，過著怪人的生活。他沒錢也沒房。他認為他曾擁有歡快的時光，但那已經結束——所以現在，他試著擺脫，卻無能為力。他燒掉所有東西，包括每份筆記，但什麼都沒離開。後來大概有九個月，他在平靜的世間載浮載沉，試著不當 Ra Uru Hu。

他的生理層面在這段經驗前後也有所不同。Ra 的母親認不出他的外貌，也認不出他的眼神。他的膚質和聲線都改變了。他的笑聲也不一樣了。對於認識 Ra 的人來說，最明顯的改變是他的運作狀態。Ra 知道自己算聰明，卻非天才。然而，在那段奇遇之後的歲月裡，他時不時會展現天才特質。可那並不是他。那是 Ra Uru Hu，已不是再羅伯特・克拉克沃爾。

一個墨西哥因地震被埋在瓦礫中的孕婦，她子宮內的孩子，帶著一顆水晶。那不是尋常人類會有的水晶。而在奇遇歷程中出現的那個英國訪客，則是個送貨員。在他覺得被強逼回伊維薩島完成任務之前，一定是從法國的某個人身上收到那道光。他們都在別無選擇的情況下，被抓進這齣戲裡。

那個英國人目前已經復元，住在阿姆斯特丹。

關於這段奇遇故事，Ra 唯一擔心的是，這可能會讓他本身比這門學問更有趣。人的狂熱相當可怕。有太多人想把這段故事轉化為宗教的靈性精神，而另一群人會將此投射成黑暗、邪惡的魔鬼行徑。

有些人只會把這當成單純的故事，或是他杜撰的。對 Ra 而言，分享這故事怎樣都很怪。但是，不管這有多離奇，他覺得這段故事必須被訴說。Ra 總是對自己說：要嘛我只是這顆星球上的一個怪人，要嘛我最好瘋得很徹底。而真相為何，我們窮盡一生，也許也無法搞懂。

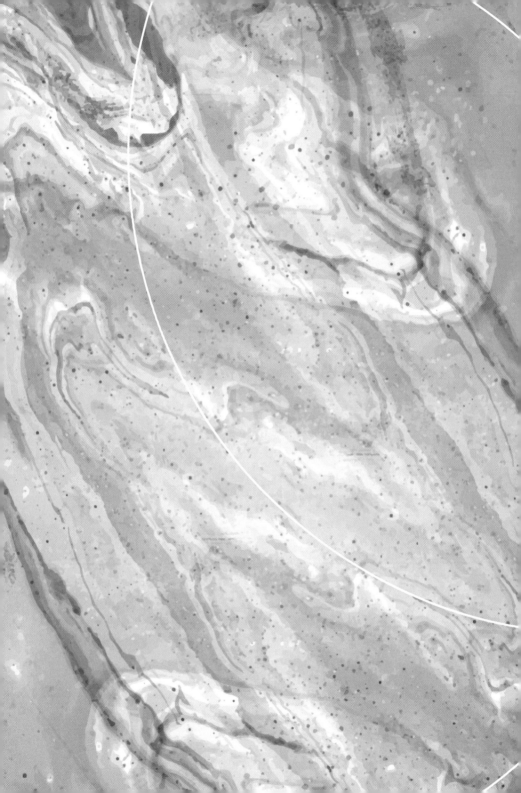

chapter2

人類的設計

水晶與磁單極

人類全都擁有一顆設計水晶（Design Crystal）、一顆個性水晶（Personality Crystal）與一個磁單極（Magnetic Monopole）。

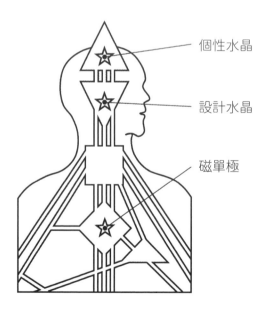

個性水晶

設計水晶

磁單極

　　這兩顆意識水晶❶的尺寸都非常小。他們只比微中子這一切之始的非凡粒子略大一些。我將之稱為「水晶」，以便於理解它們的特性與原理。

　　它們並不是真的水晶。但冠上這樣的名稱有助於理解其碎裂、過濾及分形的面向。科學家將它們解讀為「暗物質」，我們藉之篩選訊息，從微中子海中過濾出意識。每顆水晶的形貌都獨一無二，所以，也必然以獨特的方式過濾訊息。經由這樣的過濾篩選，確實會產製出更多訊息。這是一種雙向程序。我們接收訊息，也同時傳遞出已經被我們的水晶變更過的訊息。

------

❶關於意識水晶，請閱讀第四章意識水晶的故事。

這就是意識決定宇宙撰寫自身程式的方式。這是個永不停歇的循環。所以，人們會假想有個偉大的智識在運作，認為一定有某種超智慧存在。其實不然，我們就是**那個智識**，它就是**我們**，而且這是持續進化的。我們是意識場的共同創造者。打從一百四十億年前，甚至是在睡夢中，我們就不斷在做這件事。

　　在懷孕時，設計水晶開始在媽媽的子宮裡建構我們的身體，和大腦（brain）相接。約莫六個月後，身體已經發展到足以接收第二顆水晶進入，也就是個性水晶，而等太陽再運行 88 度（也就是將近三個月後），你就誕生了。

　　個性水晶和我們的心智（mind）相接。有些人會把它稱作「靈魂」，那是我們體內不朽的部分，一次又一次轉生入形體裡。正是這個部分賦予了我們特質，也就是「個性」。

　　當個性水晶離開形體（沒有再投胎轉世）時，它會居留於地球表面的大氣層中。個性水晶在離開形體後會回到水晶束中。在地球周圍有非常多的水晶束，其中某些水晶束十分巨大，內含難以想像的超量水晶。有趣的是，大多數的水晶並沒有具象地顯化為形體。化為人類形體的我們，其實只是那些個性水晶裡的少數，可算是投胎行家。

　　我們來看看人類轉世的過程。首先，設計水晶以人類孕期約三分之二的時間來建構身體，讓大腦新皮質發展成熟來接受個性水晶。個性水晶一就定位，幻象便開始運作。你的

生命自此啟動。形體也有了意識。

已經存在超過十萬年的智人，是第一個能意識到自身存在的物種，第一個確實擁有心智的生命。在那之前，沒有任何生物可以意識到關於存在、關於宇宙的幻象。就算是尼安德塔人也沒有。心智讓你得以看見自身的存在。

最後，我們有磁單極，它的作用是為我們這輩子引來形形色色的人事物。它和人類形體所擁有的九個能量中心裡的「愛的中心」相連。在我們彼此分離的幻象中，磁單極把我們繫在一起。它在懷孕時與設計水晶同時到來，把兩顆水晶連在一起。但最重要的是，它控制了我們所愛的人事物。

起初，磁單極內嵌在設計水晶裡，它們都來自於接近地核的同一條設計水晶束。磁單極建構起存在，將「我們以為的自己」和「我們的身體」幻象連接在一起。在「我們是獨立於他人之外的個體」的幻覺中，它維繫著我們的個性與設計水晶。

人類的虛榮自大因此而生，這讓他們以為自己能掌控人生，好像**他們**是司機。但他們並不是司機。那是錯覺。我們只是搭便車的隨行者。

人體圖

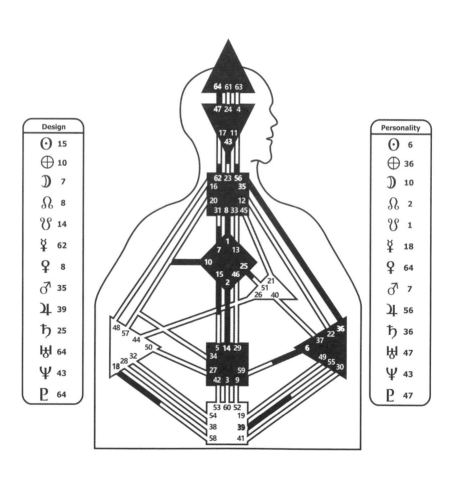

Design

☉	15
⊕	10
☽	7
☊	8
☋	14
☿	62
♀	8
♂	35
♃	39
♄	25
♅	64
♆	43
♇	64

Personality

☉	6
⊕	36
☽	10
☊	2
☋	1
☿	18
♀	64
♂	7
♃	56
♄	36
♅	47
♆	43
♇	47

　　透過九個壓力中心控管的身體，是所謂的「天王星身體」。從 2027 年起，我們會看見一個（和我們相似的）物種出現，跟我們一樣具有天王星身體，但不再是人類。他們是「真正的」銳❶。我們真正的目標是：孕育出銳。我們不是銳。我們是棲身於「類似銳的身體」的人類。或者可說，我們擁有近乎銳的軀體，並搭載了不同的內部配線，「人類」的配線。

　　演化以非常聰明的解決方案，讓下一個物種的出現有了可能性。

---

❶銳：人類設計（Human design）中所提到的銳（Rave）是「聲音」傳給 Ra 的名字，乃指接替智人，具有九個能量中心的物種。

它創造了一種形體來安置兩種物種。九中心的天王星身體能提供人類和銳棲身之處。最終，在幾萬年後，將會演化成擁有十一個壓力中心的形體，屆時人類將會滅絕，就像以前的尼安德塔人一樣。這個進程可能會縮短，因為地球上的生命或許在大概 1300 年後將全數終結。但我們已經站上了標記人類終點的門檻。真正的人類身體早就被奪走，我們也必須妥協讓步，活在不是給我們用的身體裡。我們得要學會適應銳的世界。

　　如果想獲得自己的人體圖，可以上 https://humandesign.plus/ 查詢。你只需要備妥精確的出生日期與時間。

　　上上頁的這張圖是根據特定的兩個時間點而計算出的結果。圖右側的計算值來自你確切的出生時間，屬於個性水晶。左側的數值和設計水晶有關，是根據太陽在黃道上比出生時間早 88 度（大概是三個月前）的時間點計算而得。在這兩個不同的時間點上，我們會觀察十三個天體的位置。這些天體包括：太陽、地球、月亮、南北月交點以及其他八個行星。

　　太陽在黃道帶繞一整圈需要大概 365 天，冥王星則得花上 248 年。

曼陀羅輪

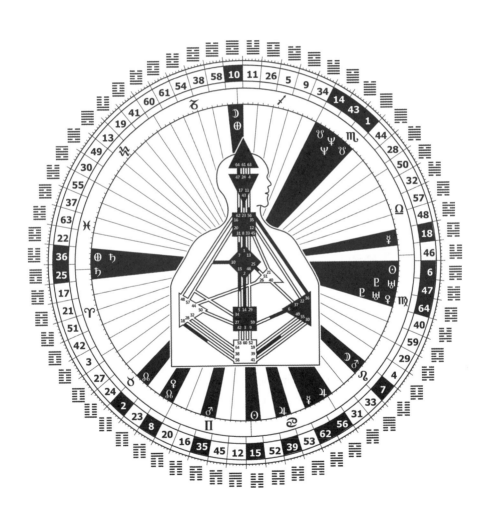

古中國哲學家邵雍❶早就運用環形的六十四卦布局，而卡巴拉派學者瑪格麗特❷則將易經諸卦配置在黃道帶上，但那些模式與聲音對 Ra 所闡述的或許並不相同。

黃道帶代表的是從地球觀察到的眾星沿著太陽運轉的平面。當你仰望這些星星、太陽與月亮，它們似乎沿著黃道移動，

太陽會花一整年回到原來的位置。星星、月亮跟太陽以逆時針的方向繞行黃道帶，月亮的南北交點則是反方向（順時針）。因為我們是從地球上（它本身也繞著太陽轉）觀察這個太陽系的天體位置，星體在某些時間點看起來像是倒著走，這就是所謂的逆行（太陽除外，太陽永遠是順行的）。

曼陀羅輪被分成六十四個閘門，每一個閘門被分配在黃道帶上的特定位置。然後你計算出你出生當下（個性）與太陽在出生前 88 度的時間點（設計）的行星位置，接著將所有天體嵌入它們在輪中的正確位置。現在，你就能在你的人體圖上看見哪些閘門是啟動的。

單有一個閘門啟動沒有太大作用，只是有可能形成一條完整的通道而已。只有當我們某條通道的兩邊（閘門）都被定義時，通道才是啟動的。只要你有一條啟動的通道，通道兩端的壓力中心就被定義，並對你此生的行動產生影響。

要理解的重點是，你能運用的不僅是你出生設計的通道（這些是固定而持久的壓力），你也有那些行星過境能量及其他人帶來的附加通道。你可以看看那十三個天體此刻的位置（在哪個閘門），並將它們加進你的人體圖。那就會是你在這一秒所感受到的壓力。關於行星過境和其他人的影響，可以參照 https://humandesign.plus/。

---

❶ 邵雍是北宋的學者，著有《皇極經世》、《梅花易數》等易經經典。先天八卦圖據稱是他推演而出。

❷ 瑪格麗特的全名是瑪格麗特・舒拉尼（Marguerite de Surany），著有《醫療圖像》（Medical Graphology）及《易經與卡巴拉》（I-Ging und Kabbala）等書，提倡以卡巴拉等玄學結合醫療能促進健康的概念。

訊息之流

　　一切都是從一顆微中子穿越一個意識水晶開始。什麼是微中子呢？那是一種具有質量的極微小粒子，以近乎光速的速度移動。它們穿透萬物：行星、人類，甚至是一面厚達好幾光年的鉛牆❶（如果這種東西存在的話）。但因為微中子帶有質量，它們也和所穿越的物件交換訊息。它們的振動是會改變的。

　　星星會產生微中子，而我們的太陽則提供地球上百分之七十的微中子。與太陽垂直的每一平方公分，每秒大約有 650 億個太陽微中子穿過。微中子是訊息的攜帶者，它們帶著訊息穿梭宇宙的每個角落。它們並非亂無章法地與萬物接觸，而是透過一種特別的秩序——你或可稱之為階層——讓訊息在宇宙間流動。這就是水晶能彼此溝通的原因。藉由穿透它們的微中子，水晶持續接收並傳送訊息。我們也將這些階層稱為分形線（Fractal Lines），這和兩顆水晶如何從宇宙大霹靂及宇宙的誕生（班［Baan］和圖［Tu］）有關。如果你

有辦法把所有的碎片拼回宇宙大爆炸之前的模樣，就能看見那些碎裂的線。訊息正是沿著這些線而流動。生命中的一切，都是沿著這些碎裂的線而發生，這就是我們所謂的分形線（但別和碎形圖案［fractal patterns］ ❷搞混）。

從哲學的角度來說，你可以稱這些微中子為宇宙的意識海，我則稱之為「創建計畫」。不過，微中子及所攜帶的訊

❶此說法與天文研究者摩爾（Patrick Moore）及諾斯（Chris North） 所著《The Sky at Night: Answers to Questions from Across the Universe》一書所述「要讓一顆微中子完全停止，需要一面一光年厚的鉛牆」略有出入，但因為這種鉛牆就已有知識而言並不存在，似乎無須太過斟酌尺寸。

❷碎形圖案是從混沌方程式形成的系列圖形，放大後會發現複雜的自相似圖案；若分成好幾塊觀察，則每一小塊都和整體的形狀完全一樣。

息只是整個故事的一部分。水晶就像解碼器，但它不只是解碼而已，而比較像是當微中子通過時，再加上水晶獨特的訊息，這也是我們稱之為意識水晶的原因。它們確實是意識程式的**創造者**。星辰只負責產出能攜帶意識的媒介。

宇宙裡，每顆水晶的形體和特質都獨一無二，沒有哪兩顆水晶會用同樣的方式過濾微中子。我們的心智與身體所接收到的確切訊息（你可以稱之為「生命藍圖」），出自於兩個部分：微中子和你的水晶。這些水晶以非常特別的方式詮釋微中子。水晶也只會聆聽對其有意義的正確訊息——也就是那些已經先穿過其他水晶的訊息。那些在大爆炸的碎裂之前與我們相鄰的水晶都很重要。碎裂前與我們越接近，它們帶給我們的訊息就越重要。你這輩子會遇到的最為重要的人，無論是給了你什麼或僅僅與你擦身而過，他們所帶有的水晶，都在大爆炸之前與你相近——也就是那些在你的分形線上的人。

當微中子穿過這些水晶，會產生不同「頻率」來影響我們的行為。

水晶束與轉生入世的過程

我們人類、其他形體和所有細胞擁有的設計水晶，都是來自同一條位於地球中心、接近地核的水晶束。

另一方面，個性水晶在地球大氣層周圍建立了鞘，它們沒有居於形體之中時，就會棲身此處。個性水晶組成非常多的水晶束，不像設計水晶只有一條。舉例來說，有基督水晶束、佛陀水晶束等等。最初只有與十六張臉❶相應的十六條水晶束，但現在的數量多得驚人。你必須想像一下：有一整層的水晶包圍整個地球。這些水晶束穿過大氣層，也能穿越斗室。所有的微中子在觸及地球上的生命前，都必須穿透這些意識水晶。若你能從夠遠的距離望向地球，你會看到的是這些水晶，而不是地球本身。你看見的其實是地球似乎被水晶球面給包覆著。你會看到一顆大水晶。

---

❶本書 107 頁起有關於十六張臉的說明。

Ra 在他的奇遇中所接收的訊息來自設計水晶束，如同先前所提，設計水晶束通常位於地球中心。他以身而為人的極限經歷了那一切。他的人類形體虛擬出聲音，只有在我們能處理的情況下，才能解釋某些事情。

　　我們以自己做得到的方式來描繪事物，我們盡可能用最好的方式來辨認事物，不論它們的真實本質到底是什麼。你可以把水晶束稱為鬼怪、惡魔、神靈或天使，但事實上，那不過是整體意識場的一部分罷了。

人類的受孕

受孕時，來自地核的設計水晶束裡的那顆水晶，便開始建構你的載具（身體）。性高潮的那一瞬間，精子帶著設計水晶，依循內嵌的磁單極引導，找到並進入你母親子宮中的那顆卵子。

約莫你出生的三個月前，當你的身體做好準備，新皮質也發展足夠時，磁單極會從大氣層裡某一條特定的個性水晶束，召喚一顆個性水晶過來。這顆水晶在你死後會回歸同一條水晶束。

你的個性水晶已經這樣做過成千上萬次，它不斷經歷不同層次的形體發展。這樣的實驗途徑，這樣的人生煎熬，進進出出的一切苦痛，都是為了一個更偉大的潛在目的：一個真正可以乘載意識之形體的可能性。

死亡

　　在你死去的過程裡，設計水晶會重新和磁單極合而為一，接著一起離開你的身體。這是你在物理上的死亡時刻。

　　生理上的你已經死亡，但個性水晶依然與你的心智相連，它尚未被釋放。頭腦裡還有一小撮氧氣讓你保有自我觀照的意識。為了讓個性水晶完成整個程序，死掉的身體依然有用。大腦仍活動著。

　　每個人從生理死亡的那刻起，都應當經過一段程序來徹底完成這趟轉生。這得花上七十二小時，之後個性水晶才終於能被原先的個性水晶束領回。

　　為了讓水晶再投胎，身體必須得有三天不受打擾。這或許意味著：舉行葬禮、火化、器官移植。下葬或解剖當然統統不行。死亡並沒有將個性水晶從身體解放開來。如果在去

世後七十二小時之內就被下葬了，水晶可能就無法回到原來的水晶束裡。這顆水晶將會四處遊蕩，永遠無法再投胎為人。這就是為什麼當今的水晶束，會比我們最初轉世的十六條多了那麼多。

正因如此，我們稱為「神」的十六張臉，正在失去它們的力量。它們是十六條原始水晶束的中心，但現在，尤其是在近五百年人口大爆炸的影響下，相較那些無法回歸本源的水晶所突變出的水晶束，實在寡不敵眾。已有大量來自原始十六個本源的水晶消耗殆盡。神明已然失去力量。如果你觀察地球上的所有宗教，找到方法存活下來的，都是以一神論為中心導向的宗教。人們不再關注已喪失太多力量的十六張臉，這終將引領我們迎向門的閉鎖。我們所接收的訊息品質遭逢阻礙。這是計畫十字週期❶的尾聲。在 2006 年時，我們已進入「初始❷」將要逝去的紀元。在某種意義上，這是天狼

星造成的，而誠如我們所知，天狼星已經死亡❸。這就像一座以四根支柱建蓋的聖殿。你可以敲掉其中一根柱子，在一定時間內，殿堂會試著取得平衡，但終究會在某刻崩毀。

---

❶地球從西元前 16513 年起就有規律地運行不同的十字週期。文內提到的計畫十字週期始於 1615 年，2027 年起則進入沉睡的鳳凰十字。可參閱 180 頁的圖表及本書後續章節說明。

❷人類設計依據分形原則，將曼陀輪劃爲初始（innovation）、文明（civilization）、二元（duality）和突變（mutation）四等份，初始爲第一等份。

❸關於天狼星的死亡，詳見 97 頁起的章節。

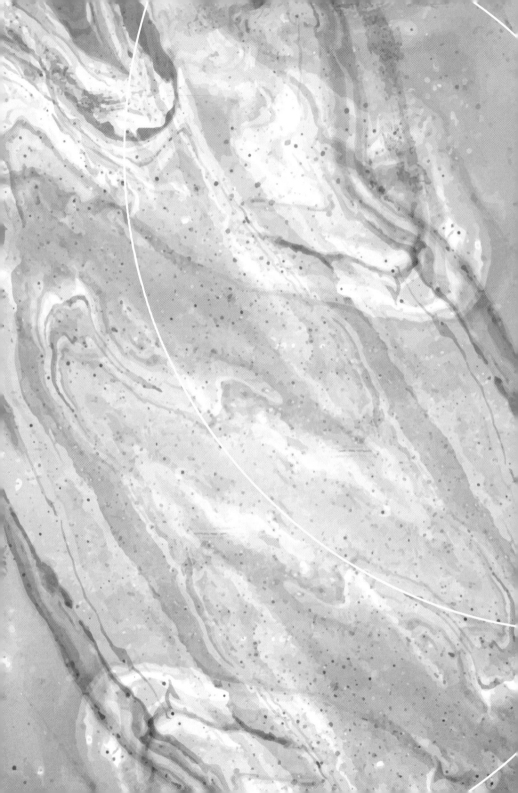

chapter3

生命的架構

無生物

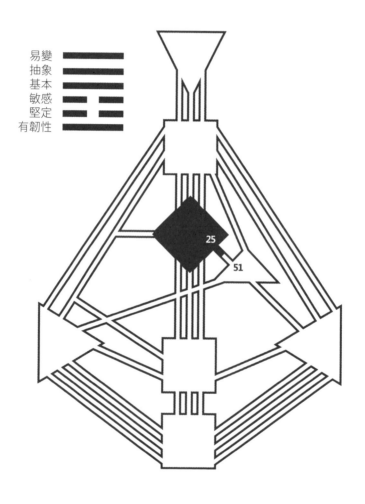

易變
抽象
基本
敏感
堅定
有韌性

25

51

植物

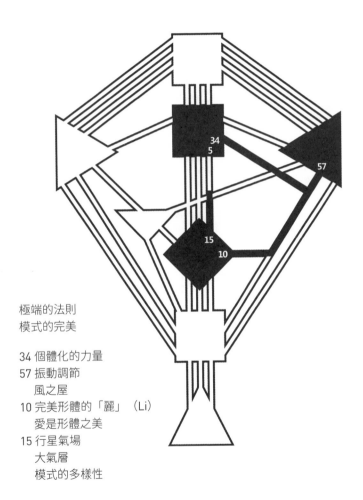

34
5

57

15
10

極端的法則
模式的完美

34 個體化的力量
57 振動調節
　　風之屋
10 完美形體的「麗」（Li）
　　愛是形體之美
15 行星氣場
　　大氣層
　　模式的多樣性

細胞

組織的法則
聚焦的脈衝

3 突變的切換開關
5 模式類型
15 韻律成長率

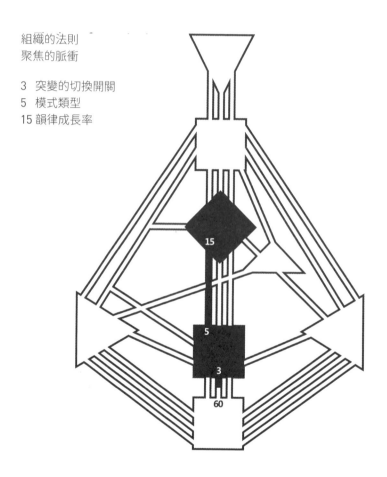

昆蟲

沒有明天的當下法則
自然的韻律

20 永恆的嗡鳴
10 侵入者
15 震動的多樣性
5　固定集體模式
34 個體化的力量
57 震動的覺察

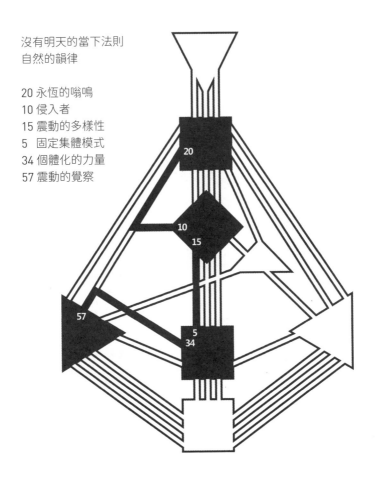

鳥、爬蟲類、魚

適應的法則 一磁力指引方向

44 警覺 一恐懼被吞食
57 清晰的聽覺 一恐懼不預期
34 繁殖的力量
5 集體的固定模式
15 極端的韻律 一磁力的和諧
1 方向 — 獨特的展現
8 印記

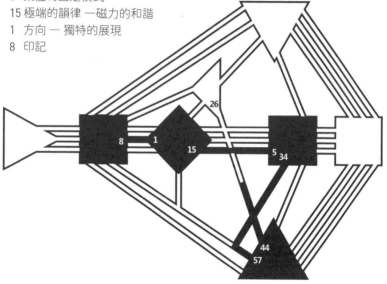

哺乳類

爲食物與當下的秩序而奮鬥

19 尋找食物的驅力
38 戰士的侵略性
28 專注聆聽的追獵者
50 獸群的本能
27 公共利他主義的性
5 固定的模式
15 動物磁場 ─ 領導者

1 突變透過個體的方向顯現
8 個體性的展現
   野性的呼喚
12 謹慎準備進食或被吃
62 適應
20 潛在的存在展現
57 聆聽當下
42 透過週期成熟的力量
53 哺乳類的生命力

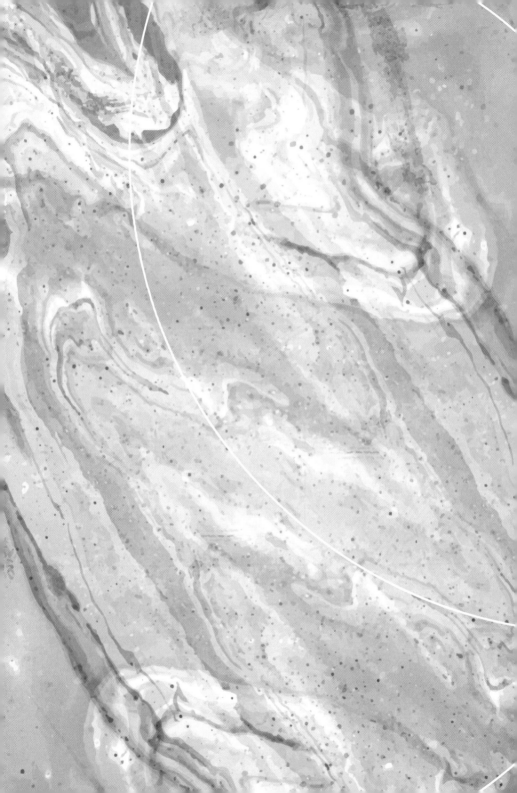

故事

意識水晶的

chapter4

班與圖，以及宇宙的起始

太古之初，起始之前，有二存在。

其各有名。

萬物皆有名。

一為班（Bhan），一為圖（Tugh）。

乃與未知相接之唯一紐帶，

不可知也。

其餘之物，萬物皆餘，均在其外。

班來自於外，圖則為一卵。

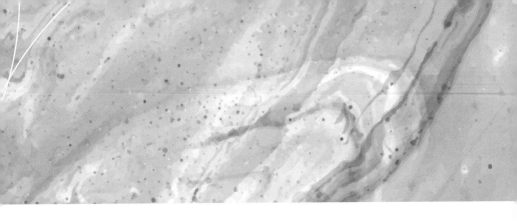

圖恆存於內。

萬物恆存於內。

宇宙之外，仍為其內。

吾擁之以為二者，實乃為一。

物理學家有個問題。相對論以及他們所理解的宇宙，都是基於光的存在，但是一定有段在光出現之前的時期。

聲音說，宇宙整體是一個尚未出生的存在。它是活的。Ra 詩意地稱之為「孩子」。我們不知道也無從想像，是什麼懷了這樣的東西。「無法穿越的環❶」總是存在。宇宙並非因為大爆炸而誕生。它早就存在了，只是在冬眠。在「班」出現前它就存在了。同樣地，那顆卵（意指「圖」）還在四處晃蕩、尚未受孕時，宇宙就存在了。其實「整體」是個超乎尋常的幻象，這個巨大的幻象是最初班和圖的並列所產生的副作用。就像我們被賦予兩顆水晶一樣。我們只是這龐大程式的縮影。

班和圖是與未知的唯一連結，其餘的（萬物都是其餘的部分）統統來自它們。

宇宙萬物都是彼此分離的，就像胎兒在母親的子宮裡長大。當我們觀察宇宙時，事實上是在內部看著一個未誕生的實體。當我們仰望天上星辰，我們是從內部在看這個孩子的身體。

圖內建的細胞中心帶有反微中子，當宇宙大爆炸發生時，它們變成了微中子。宇宙建構在微中子網格之上。微中子是宇宙裡最大量的微粒，估計占了所有物質的 40%。它們數量龐大，以近乎光速傳播。當你看著圖，你看的是主要的設計

水晶，負責我們稱為宇宙的整個形體結構。

班也是一顆設計水晶。圖是「陰」與細胞的組成，而班則是少一點的陰。班是組織的水晶。它們都是設計水晶，負責建構形體。所以在這個程式裡，一開始，我們看的是兩種類型不同的設計形體機制。圖就是單純跟一切物質攪和在一塊。接著，藉由來自外部的班水晶的潛能，透過微中子場組織這些圖水晶，並以磁單極將它們維繫在一起。這是生命程式正式啟動的地方。真正的個性水晶還沒進入孩子，還沒進入宇宙整體，但我們離那不遠了。我們體內的個性水晶事實上是設計水晶，真正的個性水晶會出現於大概二億年後的「玉龍」（Eron），我們身上的個性水晶是它的測試驅動器。玉龍將在地球上的生命終結後出現，幾乎是一種最完整的形體。

最初，只是兩顆設計水晶。這顯示出，做為形體原則的一部分，我們是多麼的龐雜且費解。一開始並沒有陰和陽，而是陰與陰。當你看著今日世界，你可以發現各種族中的男性不過是一種**仿陽**的原型罷了。真是個很棒的玩笑！

最初，在起始之前，有二個存在。

---

❶「無法穿越的環」是神智學的概念，認為意識可以不斷提升，但人們容易因為妄想而讓意識困在某個階段，彷彿眼前有個穿越不了的環阻擋著。

班水晶內建著重要的磁單極，這說得通，畢竟班是從外而來的。當你擁有磁單極，你就有了司機，而它確實知道該往哪去。

　　這門宇宙學帶我們進入的，遠超乎我們能處理、控制或干擾的任何事物之外的意識組織。換句話說，因為我們沒有真正的個性水晶，也就沒有真正的突變意識。不管是我們或地球上曾經存在的任何心智，全都無法領會宇宙整體的意涵，以及那些紛亂複雜的邏輯。和聲音打交道時，Ra 被意識場給矮化了。矮化一詞甚至還不足以描述！面對那意識的力量，根本就微不足道！我們並非造物者。就像子宮裡還沒有任何作用的胚胎一樣，我們還沒有潛力，真的沒有，就只是依循著程式而已。某種程度上，那是很可以預測的程式。這樣說來，在最初受孕的基底之上，一切都已經被設定好。那是化學反應與動態變化。那就是我們。

受孕的魔法

銳擁有個性水晶和設計水晶。

它們同樣是班。

在外側的班，是設計水晶。

圖是一顆卵。

孩子的個性水晶還沒進到身體。

設計水晶是天生的二元體。

圖是「細胞」，班是「基礎」。

當它們在幾何軌跡中相遇，便碎裂開來。

當班和圖在幾何軌跡中相遇，它們碎裂開來。幾何軌跡線從我們無從想像的遙遠地方延伸出來。一種超乎尋常的壓縮，在一瞬間爆炸，然後創造了極高的熱度。如果你能想像

太陽有多熱，那我們所談的就是十億百億個太陽的炙熱。當
這樣的熱度出現，也就有了光。

　　我們每個人都被賦予那些水晶的其中兩個碎片。那兩顆
主要水晶的碎裂，播下了宇宙擴張的種子，讓宇宙得以接收
並過濾意識場。

分形線與中心

主磁單極位於班的核心。
它座落在孩子內部某處，是最偉大的奧祕，
那是宇宙之愛與永恆合一之地。

　　如果你見過水晶破裂後的小碎片，你也就看過了分形線。
每顆水晶破裂成幾兆幾兆個碎片，但有一塊被稱為「中心」
（the Centre）。

　　中心並非位於正中央，但它與還沒碎裂前的完整水晶具
有同樣的特質，也是唯一有此特質的水晶。想像自己握著那
顆還沒破碎之前的水晶去照光，它會投射出和破碎後的這顆
中心水晶完全相同的光線路徑。分形線從中心往外流動著。
中心代表的是一顆微觀的水晶，確實和整體有一樣的潛質。

　　在大爆炸碎裂之前，環繞著中心並與中心相接的那批水

晶，都位在第一代的分形線上。中心所能直接傳訊及影響的只有這一批水晶。訊息都是沿著這些分形線，在宇宙間流動。

圍繞在中心周遭的水晶形成一個分層，而接觸到此分層的另一批水晶，則是第二代的分形線，以此類推向外延伸。

例如，如果你此生遇到的某人位於你的第一代分形線上，這表示他們的個性水晶在大爆炸碎裂之前與你的水晶相接。如果他們是第二代的分形線，那就是說有另一顆水晶介於你和他們之間。

宇宙具有層級，但那和虛榮無關。關於訊息應該如何流動，存在著一條法則。訊息總是由中心沿著所有分形線向外流動。你能真正影響的只有那些在你的分形線上的人，當然你也受他們影響。當某人離你越近，影響就越深。這是需要認清的一個重點。你所接收的最深刻影響，或是你所展現的最強影響力，永遠只會來自或發生在你分形線上的某人。我們生命中的一切人事物，總與碎裂的那刻有關；分形線就是在那一刻形成的。你的心智看不到分形線，這也是為什麼你不能信任由心智所判斷的一切。

人類的階級概念是徒勞無用的，那樣的概念源自大多數宗教信仰對小孩的洗腦灌輸。並不是越靠近中心（也就是他們認為的「神」）就越重要。最靠近「你」的水晶永遠是最要緊的。

讓我們用立體方式來思考這件事。如果你弄碎一個物體，它會向四面八方碎裂。然而，它的碎裂並不是均等的，就跟「中心」並不在正中間一樣不平均。所以，我們就假設中心位於物體的底部來舉例。

　　這代表某些分形線會比別的更短。換句話說，會有從遠端出現的長線，也會有較短的近端線，而訊息是沿著分形線流動。假定我有某些知識，而你在我的分形線上，然後你接收到這個知識。你會從自己身上把這些知識傳給你的分形線上的某人，以此類推，分形線有多長，就會傳得多遠。

　　好好琢磨這件事：訊息會隨著你在分形線上的行動而有所改變。地球上一定有一群人能明白愛因斯坦提出的理論，這點顯而易見。但這是非常有限的分形。這個分形隨著時間降階，最後出現的，就是一群穿著印有「E=mc²」的 T 恤，但不知道那代表什麼的孩子。最初的訊息在沿著分形移動時不斷改變，以致喪失，事實上，那不算「耗損」而是「轉化」。這就是程式，就是意識演變的方式。

　　每顆水晶沿分形線前進，並依其獨有的意識過濾程序來增添訊息。如果你理解這點，就會發現意識並非從中心**出現**的。沒有什麼「全知的」中心，也沒有所謂的神明。意識只是**結果**，由一顆顆獨立水晶過濾沿著分形線流動的訊息而來。沿分形線而下的最後一顆水晶，其重要性不亞於中心或較靠近中心的其他水晶。如果你的水晶收到的訊息直接來自中心，

那對你就毫無用處。訊息必須經過與中心相連的分形線上的所有水晶加工後，才會具有價值。

你可以把那些水晶想成數據流（我們稱為微中子）的資訊解碼器，在同一時間會根據你獨特的水晶增添訊息。包括你的水晶在內，所有水晶都是宇宙意識的創造者。

你必須了解到：我們每個人攜帶的水晶從一開始就存在。如果你能把我們的個性和設計水晶放回原處，最後得出的是破碎前的班與圖。我們是整體的各個層面。獨特的碎裂面。因此，如果某天有人來到你面前對你說：「我覺得你擁有老靈魂！」「你也一樣啊！」你可以這麼回覆。你的個性水晶在 140 億年前就存在，並非每一顆水晶都等同於整體，而是要表現整體，每一顆水晶都是必要的。所以，天底下沒有什麼好虛榮自大的，這點再清楚不過了。

在大爆炸的破裂後，出現了光，電子以光速往外移動，照亮了黑暗。這股能量波將圖水晶的大部分剝離掉，隨著熱度下降，能量開始凝結成形，環繞在圖的細胞周圍。第一批基本元素就此形成，宇宙體（孩子）的建構於焉展開。圖建構身體，班建構孩子的腦。水晶束將在 1300 年後開始往天衛四❶移動，在那之前，我們的太陽系是這個宇宙大腦的中心，地球則是孩子的設計水晶所在之處。

❶天衛四（Oberon）是天王星衛星之一，由發現天王星的天文家威廉・赫雪爾（Friedrich Wilhelm Herschel）於西元1787 年發現，這是他發現的第四顆天王星衛星。第一至四號衛星皆由發現者的兒子約翰・赫雪爾命名。Oberon 是歐洲傳說中的妖精之王，莎士比亞的《仲夏夜之夢》也曾出現以此為名的妖精。

微中子──星辰的氣息

　　星星產製出微中子，它們是意識的源頭。微中子是意識的介質，就像電腦裡的資料。但不要誤將來自星星的資料解讀為意識。那並不完整。唯有當微中子穿過所有的水晶，我們才有辦法將意識視為整體。微中子藉由穿過水晶的過程，創造宇宙的意識。所有的水晶（包括你和我擁有的）無時無刻透過自身獨有的樣貌來增添並改變微中子訊息，整體因此誕生。群星所產製的只是其中一部分，那不過是整個龐大程序的開端。我們在地球上所接收到的微中子，有 70% 來自太陽。我們生活在非常濃密的意識海之中。如果我們能看見微中子，那麼我們就看不見其他東西了。單單是太陽散發的微中子，每秒大約有 640 億❶顆穿過每平方公分的面積。微中子攜帶的訊息會透過我們的意識水晶以獨特的形式過濾。水晶一次接收一個微中子。現在你可以明白為什麼我們的水晶被稱為意識水晶了。它們不僅過濾意識，也藉由修改微中子流、添附其獨特面向來創造意識，再以近乎光速的速度向外四射。

　　宇宙中只有 4.6% 是原子，其他都是暗物質與暗能量。微

中子具有質量（不到電子的百萬分之一），並以近乎光速移動且穿透萬物。

微中子藉由穿透萬物，在通過意識水晶（暗物質）時，和水晶交換訊息。它們往四面八方移動並穿透一切。我們生活在意識海裡，微中子為其介質，而水晶進行過濾。你可以稱它們所過濾的是「程式」。這套程式建構了孩子，而宇宙裡的所有水晶不斷修改微中子訊息，來維護程式運作。

就算有一面厚達一千光年的鉛牆，也無法讓微中子降速。微中子能穿透萬事萬物，是非常了不得的東西。

帶著質量的微中子就像張網，編織出一片訊息海，將包括我們在內的所有形體綁在一起。

───────

❶此處所稱 640 億顆的微中子與作者在 40 頁所提到的 650 顆有所差異，僅依原文譯出。

星辰

有超過 20 億年的時間，磁單極與設計水晶一直是一體。

有些星星比初始點還古老。

圖與班並非在真空中相遇。

它們會合於內部，而內部早已存在。

那兒有面星牆。

在遙遠的某一天，當星星開始逝去，它們將成為敵人。

在那之前，它們是孩子最大的盟友。

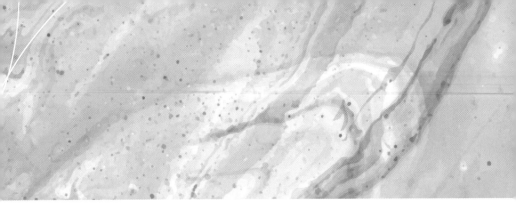

　　有些星星早在起始之前便已存在，那是比宇宙還古老的
星星。圖與班並非在真空中相遇。那兒有面掛著星星的牆。
宇宙以及宇宙在外頭那無以名狀的部分之間有著一條連結。
入口由星辰控管。如果以母親與嬰兒的概念來看（這是個非
常鬆散的比喻，所以要當心），你看到的是臍帶。

開始之前的起點

有一條幾何軌跡線從遙遠的地方延伸過來，

我們無從想像。

碎裂的二元，由磁單極抓著，乘駕不思議的能量波，

與那條線相接。

相較於其他因碰撞而衝出的一切，

水晶束——大部分的班水晶碎片與磁單極——移動緩慢。

能量波剝除了絕大多數的圓水晶碎片。

隨著熱度下降，能量開始凝結成形，環繞在圓的細胞層面。

第一批基本元素就此形成。

宇宙體的建構於焉展開。

　　遠早於這個宇宙出現之前，就有一條幾何軌跡線。但對我們來說，永遠都有個難解之謎，將某個時間或地點鎖上，讓我們無法往前更進一步。那條線是一根微中子弦，這表示有個意識的編程媒介，超越了「無法穿越的環」，並與我們接觸。這種說法有點危險，因為那打開了一扇門，讓上帝的手指穿過屋頂而下。

　　儘管如此，你也大可不用這麼想。我確實認為，在這裡發展的意識，在初期階段就被另一個更加古老、存在於初始之前的意識賦予了訊息。所以，這條弦一直都在。在初始前就存在著。

　　關於物理學與宇宙學，每個人都有一趟關於物理學與宇宙學的旅程，某種程度上這是一種無中生有的奇蹟。但事實並非如此。物理學說的「**無物**」，只是因為你看不見，畢竟，

得要有光線你才能看見東西。沒有光就無法看見。

　　班從外部而來。它必須進來。所以，你開始明白班擁有磁單極的原因。當你有了磁單極，就有辦法駕駛了。你有了駕駛員。你有了終極司機，清楚知道要往哪兒去。班水晶內建了這個主磁單極，知道該往何處去找尋圖水晶。

　　在程式的開端，我們看的是兩種不同類型的設計形體機制。其一是圖水晶，它單純將一切物質，以及連結著所有材料的微中子潛質攪和在一塊。這表示有個意識的程式媒介，超越了與我們接觸的「無法穿越的環」。我們擁有的另一個機制則是班水晶，它來自外部，擁有潛在的組織能力，能透過微中子場組織其他的設計水晶，再以磁單極將它們維繫在一起。生命的程式就此真正啟動。

　　班水晶的某些碎片，最後將扮演個性水晶的角色，或者講得再精確點，是「模擬」個性水晶。人類擁有的個性水晶就是一例。我們還得注意的是：所有控制我們意識場的工具——包含星星與月亮在內——這些天體都被賦予了班水晶。就是班水晶與微中子程式連接的潛能，給了我們所有思維，將我們帶到這個關乎意識場本質的奇蹟裡。

班

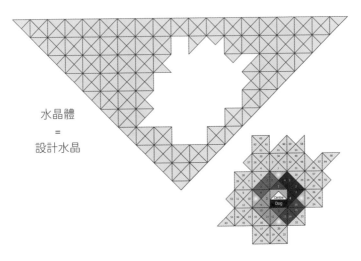

水晶體
=
設計水晶

圍繞著「中心」的核心區
=
個性水晶

啓動生命程序

圖水晶和它的反微中子核心，是孩子身體的構築者。

在啓動之前，核心的程式規則是壓縮與休眠。

在衝擊之後，比賽正式開始。

首先是刺穿黑暗的光。

弦則緊接在後，鋪設了一條條的線。

請記住，早在開始之前，弦就一直存在著。

圖水晶的碎裂，是「路徑的分流」。

這個宇宙，就是穿過無盡的碎裂之鏡，映照而生的變動影像。

意識、覺察、愛、方向——所有可以經驗的形式——

都源自班水晶。

班水晶不是陽，而是陰。
光以外的萬物，都是陰。
而光也只是幻象。
圖建構身體。
班創建腦部。
銳蓋起神殿。
方舟是空的。
我們還沒到達那個地方。

宇宙進化的階段，以猛烈狂暴的事件開啟。
水晶束在幾十億年裡，由設計水晶內的磁單極指引，朝著展現愛的可能性前進，最終抵達開創的源頭，與星星之牆相遇。
愛在那一天逝去。
而那正是存有的起點。
當它們再次相遇，死亡就會降臨，
黑暗更勝梵天之夜❶，
對孩子而言，那就是終結。

❖

水晶束滲透星牆的核心。

星星因裂縫而崩解。

主設計水晶碎裂，而主磁單極也與之脫鉤。

銳的個性水晶因此誕生。

磁單極沖離成群的破裂水晶，

捲入宇宙的自旋。

當蘇菲的苦行僧狂舞❷，就是在歡慶那創建了意識的愛。

在碎裂之後，有超過二十億年的時間，磁單極和設計水晶仍是一體的。隨著磁單極的引領，最終它們與星牆相會，抵達創始的原點。當再次發生，主磁單極也因此脫離了主設計水晶。

這另一次碎裂的發生，主角是磁單極。我們在此看到真正的形體原則的起點。這和細胞無關。細胞早已成形並持續擴展中。這次是程式媒介的啟動。透過碎裂的班水晶與磁單極，開始了控制與程式的過程；在這層意義上，被賦與意識的形體，具備了最終極的性能，事情就是這樣。

愛在那天消逝。磁單極與設計水晶是真正的一體。它們分離的那刻，我們成為愛的表現。我們不是愛。我們無法擁有愛，我們是愛的副作用。我們是愛的展現。

班水晶失去了愛，但找到了形體。脫離形體時，設計水晶是休眠的。在形體中，它則負責構建。

❖

核心區的碎片，全都開始顯化各自的模樣。
舉例來說，「狗」❸水晶建構了太陽的形體。
當它和星星融為一體，水晶束還有許多其他的成份存在。

在事件發生前，「群集」是主磁單極的最佳寫照。
磁單極的力量是吸引力。
在此階段，它的所有面向──磁單極與主要設計水晶相調
和──都是一體的。
當設計水晶破裂，和諧也被打破。
磁單極的法則是把萬物抓住。
碎裂事件動搖了磁單極群集。
宇宙旋轉的威力，遠遠大過主磁單極維繫群集的能力。
設計水晶破裂後，
每個碎片都被埋入一面從群集分離出來的磁單極。

❶印度神話中，梵天是創造之神，和保護神毗濕奴及破壞神濕
婆不間斷地為世間帶來生死循環。當梵天的創造行為停止，
世界將融入黑暗，也無一物得以留存，這就是梵天之夜。

❷ Dervish dances 為蘇菲派的儀式。

❸「狗」與「駱駝」是兩顆位於太陽的特殊水晶，也是中心
的第一代分形。後續章節會有進一步說明。

死亡與重生總在發生

　　磁單極脫離設計水晶，是存在的開始。它們再次相會時死亡就會降臨——那是比梵天之夜更暗的黑——因為那將是孩子的終結。聲音從未吐露孩子會存在多久。聲音只有說明它出現在超越自己本身的世界，不論那到底代表什麼。

　　可以假設的是，或許它將會存在幾十或幾百億年（天曉得到底多久），但它在某一刻也必然會死去。規模不是重點——死亡永遠都在。而重生也總在發生。這是個無止盡的程式。

中心

　　中心有兩個。圖中心呈現宇宙的身體，班中心則顯示宇宙的心智。圖中心棲身於地球核心區已有 24 億年之久。目前的「總體回合」（Global Round）約莫從西元前 16000 年開始，在這段期間，圖中心已經化身為人類形體 62 次。班中心棲身於太陽的核心，位於弦的源頭。在這個回合裡，當班未待在太陽時，也經歷過八次的轉生。

　　班遺失了愛，但找到了形體。不在形體內，它休眠。進入形體時，它創建。班水晶坐落於太陽核心並過濾弦線。但弦並非由它創造。那是狗的工作。中心是我們意識的源頭，不代表它創造了整體意識。它只是龐大進程的開端。雖然中心確實沿著分形線而下，對一切產生影響，但只有當包括你在內的每一顆水晶，都善盡過濾之責，於自身所在的分形線上，接收前頭的水晶訊息，並加以解碼，整體意識才會存在。因此，是所有的水晶共同創造了意識的訊息之海。意識從未靜止不動。狗水晶產生微中子，其他水晶則沿著分形線持續改變微中子流。永遠在接收、改變並傳送訊息。也因此，意

識持續進行演化。意識並非絕對。唯一絕對的只有我們水晶的過濾潛能。

這是我們稱之為意識水晶的原因。隨著時間的推移，這個程式會不斷編寫自己的密碼和自己的軟體。它會自我進化。因此，我們全都是別無選擇的創造者。我們都受整體的某個面向所牽動。不會只有一個真實。

駱駝與狗

　　駱駝水晶與狗水晶把中心罩在中間。這是兩顆特別的水晶，它們住在太陽裡，與我們的意識有關。只有駱駝與狗是中心的第一代分形。其實太陽裡共有三顆水晶，這個事實讓我們了解到，自古以來各種信仰體系裡不同的三位一體觀念：像是印度的梵天—毗濕奴—濕婆，或聖父—聖子—聖靈等等。不過，根據基督教神話，《新約聖經》寫到：因為某種理由，天堂不歡迎狗❶，我覺得這很有趣也頗奇怪。為此我們或許應該重新思考。狗代表了人類意識的基礎程式。太陽之犬，是我們的知識源頭。

　　駱駝和狗會輪流入世，大約每一萬九千年一個回合，但不會化身為人形或銳。狗顯化了太陽的本體，並且維持其生

---

❶原文的「dogs are not welcome in heaven」並未出現在《新約聖經》中。但聖經中的確有許多將狗視爲不潔、卑劣的語句出現。

命。狗生產了微中子流，確實地維持太陽的本體。

它和我們這些旁人無關，其焦點只放在維持太陽的能量。核融合的進程就是它的生命程序。出自狗水晶的微中子訊息，會被中心過濾，濾篩後的才是真正的程式源頭，並為太陽系所用。

在目前這一回合，狗尚未轉生入世。微中子弦是由狗所產生，因此當它化身在地球上時，微中子弦將無法從這裡生產。這表示，在天文物理的層次上，太陽的核融合引擎會有噴發的現象。

當這樣的情況發生，對地球而言是嚴重的創傷。因為紫外線能量波的輸出量大幅增加，太陽本體會受到干擾。狗通

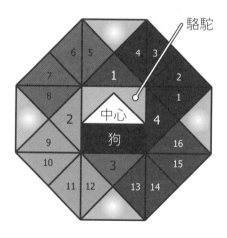

常是以較低階的生命形體入世，且從未在形體內超過三個月。狗下一次的降生將會在 2084 年 7 月。

狗也許將化身為生命僅有 18 秒的微生物。聲音並沒有說。但假使它活超過 10 分鐘，那麼從邏輯上來說，這將對地球帶來非常干擾的影響。不過，以前發生過，但最近這一萬九千年裡沒發生過，天知道過去發生了什麼，結局又是如何。

這不是經常發生的事，顯然是個特別的里程碑。當狗化身入世時，就不會有來自太陽的訊息。換句話說，一旦狗化身了，太陽的程式就會停止，而屆時唯一存在的恆星程式，就是來自木星微中子的編碼指令。這種情況發生時，月交點將會最顯著的活化。我們無從得知，身處缺乏太陽程式印記的世界會是什麼感覺。畢竟我們的編碼有七成來自太陽。想想將來那些出生時不會接收到太陽印記的孩子，我們真的不知道那意味著什麼。

而接著會有什麼副作用也很難說。舉例來說，地球的臭氧層據信是因為溫室效應與環境污染的副作用，而巨量地耗損。臭氧層破洞讓紫外線射入只是問題之一。進來的紫外線會造成不孕與致盲。所以，高能量的紫外線放射及臭氧層的持續破裂，事實上，也表示這段時間可能對生命造成大量的傷害。其實很難對此做出什麼預言，因為 Ra 沒有得到任何解釋，只被告知「會有重大創傷」而已。這將帶來巨大的動亂，也關係到人類的幾何軌跡。

顯然，這會是意義深遠的重要事件。這些事件會在這一回合的尾聲到來。我指的不是在 2027 年結束的計畫十字週期，而是從現在算起約一千年後結束的這一回合，到時候，這整個「自我觀照」意識在形體內的實驗將會告終。我認為這就是將這些事情推向高潮的過程。

　　駱駝像中心一樣，也會過濾弦。中心和狗可以是靜止的，但駱駝從不停止活動，總在追蹤些什麼。駱駝在太陽內部的旋轉，恰恰與水星的動態同步。在神話裡，水星是最愛人類的行星。普羅米修斯❶是眾神賞給人類最棒的禮物。這在在表示中心永遠無法直接影響水星。中心對整個太陽系散布訊息，但水星除外。水星有個特別之處。在更古老的神話裡，水星被認為是太陽的兄長❷。駱駝對弦的過濾結構，被銳與人類以個性水晶體驗。所以，個性水晶進入你身體的那一刻起，直達水星的駱駝程式，其具體影響發生在你的個性水晶編碼上。事實上，在最初的 88 天裡，不管是人類或銳的胎兒，都只會回應水星的程式。

　　曾有一回合，駱駝化身入世。它在 1936 年降生，然後在 1941 年回到太陽。

　　這是中心打從西元前 16101 年起，唯一一次能直接影響水星的機會。駱駝不再為了個性意識的益處而對弦進行過濾，所以你可以看到不穩定和混亂發生。它停止為深刻的人性編寫程式。我們被降格為哺乳動物，文明的表象被剝除了。在

駱駝返回之後，得花上好些年，才能讓事物慢慢復元。你還必須了解，在那段期間誕生的人類，接收了極為特殊的編碼程序。這些人後來生育的子子孫孫，或許會在 2027 年產出銳小孩。

❶ 希臘神話中，水星是故事最多的行星，因為希臘人最關心人與神的連結關係。在占星學裡，也以普羅米修斯和伊比米修斯這對神話兄弟，分別代表水星與太陽的「上合相」（先知先覺的晨星）及「下合」（後見之明的昏星）。

❷ 當代普遍流傳的希臘神話版本，太陽神阿波羅才是水星的哥哥。而水星赫密斯因為嫉妒哥哥受宙斯寵愛，在出生第二天偷了哥哥的牛洩憤。後來事跡敗露，祂雖然死不承認，卻聰明地用一隻會唱歌的烏龜做成七弦琴送給哥哥，收拾了自己闖的禍。不管兄弟的排序為何，在神話或在本書的說法中，太陽對水星就是無可奈何。

四角

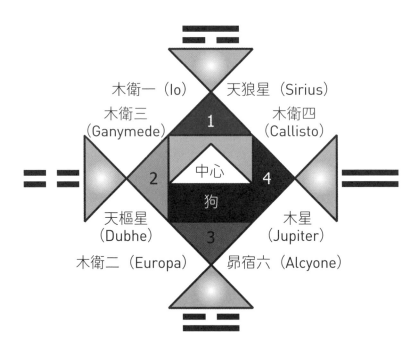

木衛一（Io） 天狼星（Sirius）
木衛三（Ganymede） 木衛四（Callisto）
1
2 中心 4
狗 3
天樞星（Dubhe） 木星（Jupiter）
木衛二（Europa） 昴宿六（Alcyone）

　　四角坐落於木星、天狼星、天樞星與昴宿六。班核心水晶（個性）通常只坐落在恆星而非行星，但木星是一顆失敗的恆星❶，還是能產生很少量的微中子。四角直接參與了人類與銳的個性程式，並建立了世界的本質。它們有規律地化身入世，展現出四個原型。至少每一百年，至少有一角在一個形體中，會取樣環境來作為自身編碼的持續進程。它們能化身為任何東西——微生物、昆蟲、草葉、天鵝、羊，偶爾才會化身為人。以動物的形態來到地球，可以避免它們被困在這裡太久。

　　化身的編制及意識在形體內的重要程式，都由四角控管，特別是木星（邏各斯）這個眾神之王❷。這相當近似於所謂一神論上帝的描述。不過這個程序現在正在崩毀。事實上，這一回合在 1991 年就已經開始收尾，我們即將來到終點。

　　1991 年時，第一角離開了天狼星，在瑞士化身為一株紫

杉❸。而距今 1300 年後，當這棵樹死亡時，地球上的生命也會終結。

這份「全編制規劃」（Global Orchestration Directory，簡稱 GOD）已經崩壞，因為其中一角遺失，無法再程式化。這就好像有人燒了阿卡西紀錄❹。我們必須理解到，這些規劃是相當複雜的。你得保存所有紀錄。要維護這些規劃，必須用上規模龐大的組織與資源。從這樣的角度來看，這些規劃正在凋零。整個結構體已經開始四分五裂。因為第一角不再發揮作用，能維持轉世化身的程式便開始崩塌。

如果你想要，可以把四角稱為「神明」，但你真正面對的是非常成熟的個性水晶，它們棲身於繁星，沒有活在人體裡的負擔。那只是一種機制。不用把它們吹捧為神。它們並非不朽，也會死去。有時候它們的生命持續很久，但仍終將一死。

天狼星已經山窮水盡。它們會死。包括我們的恆星，太陽也會死去。而已經運作了一萬六千年的這一回合，主宰者是木星。宙斯萬歲！

這一回合透過輪迴實驗來進行測定。換句話說，同一顆個性水晶透過不斷變換載具來持續測試，看看意識能否在形體裡展現，以及可行性有多高。這聽起來好像有「某人」在試驗，但其實沒有。它就只是在發生的事。這從來就無關乎

水晶（或是靈魂成長之類的蠢概念），而是關於形體，讓形體盡善盡美。我們被設計來迎接這個過程的結束。緊接著到來的「玉龍」將不再有任何輪迴轉世。當你仰望天空，你看到的是過去。天狼星已然消逝，只是我們還沒親眼見證。這顆水晶早已落在瑞士。四角少了一角。

你得知道，有一個栓被拔掉了——全部都崩毀了。事實上這已經結束了，只是我們還不曉得。我們還沒走到情況顯而易見的時刻。但這是過去式了。當我們進入本世紀後半，將會有人口大崩潰。這和一角崩壞的事實息息相關，且將為生育帶來衝擊，造成不孕。

如果你去看 92 頁的圖解，你會發現裡頭還有木星的四顆

---

❶ 木星被稱為失敗的恆星，是因為它不像太陽一樣能進行核融合燃燒。但天文界有一派認為木星既然是行星，或許仍在演化中，未來還是有可能成為恆星，現在就以「失敗」作結似乎不妥。

❷ 邏各斯意指「基督或上帝的話」。木星在希臘神話裡是宙斯的化身，所以稱為眾神之王。

❸ 目前西歐及中歐都在進行紫杉樹的保育，因為容易被草食動物啃食葉子，紫杉的小樹總是來不及長大。

❹ 阿卡西紀錄：又稱宇宙本源，是不可知型態訊息的集合體。進入「超驗」狀態的人可以幫助捕捉當中的訊息。

衛星：木衛一、木衛二、木衛三及木衛四。天狼星、天樞星和昴宿六不會直接對我們進行編程，因為我們無法轉譯它們的頻率。

負責轉譯的是木星。木星透過其特別的磁場，將其他三顆恆星的訊息轉譯給它的衛星。這個磁場裡儲存了所有的訊息，也就是所謂的神祕的阿卡西紀錄。每顆衛星都代表著四角的一個微型宇宙。

但我們無法直接收到四角或衛星的個性水晶程式。它們在表面之下，以更深的化學層次運作著。你可以這樣看：每個角都在曼陀羅輪內影響不同的區域，尤其是它們各自的區塊（詳見後續章節）。在 92 頁的圖中，你可以看到每個角／衛星都有一對爻線組。你可以把六爻卦分成三對爻線組。所以，舉例來說，當你看到「少陽」（陰／陽）的爻線組，你就知道這個化學組成是受到天狼星／木衛一所影響。

一個六爻卦擁有三對爻線

太陽（陽／陽）

少陽（陰／陽，例如天狼星）

太陰（陰／陰）

天狼星之死

　　如果你重返偉大的埃及文明起點，來到歷史遺跡中最早的一座建築，觀察那個年代的建築師和宇宙學家的工作方式，你會發現所有的一切都對準著天龍座。那是天空中最耀眼的星。時至今日，它仍然是一顆相當明亮的星。但在一夕之間，一切都變了。

　　對於已經習慣天龍星存在的人來說，那是一樁非常神祕的事件。突然之間，天上毫無徵兆地冒出一顆新星。好幾千人望向夜空，那個夜空比我們所能想像的更為黑暗且滿是星辰，因為我們生活在一個充滿人造光的世界。在六千年前，天空出現一顆比其他所有星星都還要明亮的新星，那可是大事一件。彷彿魔法一般，就這麼憑空出現了。

　　如果當時的人有望遠鏡，就能在這顆星成為大人物之前瞧見它的身影，畢竟肉眼無法看見。所以，到底發生了什麼事？是什麼讓它突然亮成那樣？

天狼星本屬於單星系統，它沿著一條軌道移動，在軌道上遇到了一顆暗星。我們不知道暗星來自何方。天狼星吸引了這顆暗淡的伴星——天狼星 B❶。這顆星星不會自行發光，因為它只吸收光線。換句話說，天狼星 B 是密度超大的星體。它具有不成比例的引力，引力還強大到能把光拉進來轉換成物質。這顆相對次要的星星，突然間成了聯星❷。

這顆暗伴星是個高密度甚或超密度的坍縮星❸，也可能是早期經過劇烈爆炸而生成的中子星。它在宇宙間航行，然後被天狼星的重力場抓住。當這顆伴星被拉進天狼星的軌道時，它所做的第一件事就是吸取天狼星的能量，或者你可以說，把天狼星的光拉到自己身上。

北非有個名為多貢人的部落，相當讓人著迷。他們有些神話不只敬拜天狼星，竟然連這顆伴星的存在也知道，並有繪圖記載。他們發現了這個事件的機制。這真的很了不起。沒錯，這是個古老的文明，但他們確實知道些什麼。他們的發現非同小可。

基本上發生的事情是，這顆更小、更高密度的星體開始繞著天狼星運行，並藉由這個過程，開始把天狼星撕裂開來。不僅僅是撕裂，同時還把它吃掉。在這顆暗伴星被天狼星重力場捕捉到的那一刻，它們在幾何軌跡中相遇了。而在地球上，就在這一刻（考慮它和我們之間的距離，對應到我們的時間），我們倏地看見天空中出現了這顆亮得驚人的新星。

在那之後，埃及文化的一切都對準天狼星這顆狗星❹。狗星成了天空的主星。包括古埃及神殿阿布辛貝和人面獅身像斯芬克斯，統統和天狼星對齊。

所有的幾何結構與殿堂建物的中心點，全都直指天狼星。想想坐落於天狼星的個性水晶的本質，以及它在這幾千年裡被不斷撕裂的經歷，這不是很有趣嗎？

---

❶ 德國天文學家弗里德里希・威廉・貝塞爾（Friedrich Wilhelm Bessel）在 1884 年觀測天狼星自行運動時，推論應有一顆伴星。1862 年美國天文學家阿凡・格雷厄姆・克拉克（Alvan Graham Clark）首次觀測到這顆暗淡的伴星。天文學家有時會稱之為「小狼」。

❷ 聯星（binary star）指的是由兩顆恆星組成的系統，其中一顆恆星圍繞另一顆恆星旋轉，又或者兩顆恆星圍繞一個共同中心旋轉。

❸ 坍縮星（俗稱黑洞）和中子星都是恆星演化到末期，因重力坍縮發生超新星爆炸之後可能形成的樣貌。當恆星外殼的動能轉化為熱能向外爆發後，根據恆星質量的不同，內部區域可能被壓縮成白矮星、中子星或黑洞。

❹ 天狼星又名「狗星」（Dog Star）。
不只是埃及這樣稱呼它，包括古中國、古迦勒底、亞述和阿卡德，甚至北美原住民部落，都有以狗星稱呼天狼星的文化紀錄。這是相當重大的事件。

地球蒙受的痛苦是否和天狼星有關？痛苦真的要結束了嗎？這只是個有趣的論點。畢竟，我們所接收的其中一個深刻的程式主題（如果你想以一般通則來看的話，占了我們所接收的編碼的 25%），其源頭正被緩慢而粗暴地啃食至死。當此事發生時，天狼星發送出一組微中子訊息流。但現在，它不存在了，它已經消失很久了，至少對我們而言是如此。它在 1991 年就逝去了。

天狼星對地球上固有的暴力價值有很大的貢獻。我們看看神話和埃及歷史，從中找尋可能的關聯：這些虛榮的巨大石碑就是最強大的例證。這些紀念碑都在讚頌戰爭，除了描繪戰役之外別無他用。真誠的紀錄非常罕見，大多都是政治宣傳。這就是天狼星。這些龐大、有組織的社會，在許多方面被他們的神明所奴役。從天狼星開始異常發光的那一刻起，它帶來了控制以及隨之而來的一切。天空中最明亮的光被它的黑暗伴星吞食，直到某個時間點，光將消逝無蹤。當光消失時，這一回合便走到盡頭，地球上的生命也將終結。

四角的每一角都以特殊的化學作用來影響我們。但它們不是完整的化學，他們只是某些化學的面向。所以，不管天狼星發生了什麼，都能從我們每個卦（閘門）的運作方式裡，看見與之相關的影響。換句話說，就是在持續變異的過程裡看到影響。

天狼星被其伴星殘暴吞食，帶給我們的是：它帶來了國

家，以法律與制度為政，以「掌權者」或「大明星」為治理原則。天狼星為我們帶來的，是對個性水晶的崇拜，那是帶有巨大感染性的崇拜。拉美西斯二世——我的老天，這傢伙真是個笑話！他成了法老王，就已經夠屬害了。換作是你，應該只會好好享受吧？但對他來說，這還不夠。他還年輕，他想證明自己就是掌權者——天狼星。所以，他前去攻打西臺人（位於現在於南黎巴嫩地區的兇惡部落）。他領著軍隊橫越沙漠，在今日仍暴力頻傳的加薩走廊附近與敵人交鋒。西臺人屠殺了拉美西斯的兵馬，而他能活著逃離算是幸運。出發時率軍數千，最後或許剩不到幾百人。

後來的二十年裡，整個下埃及區到處都是紀念碑，記載著他在這場戰役裡的非凡勝利。這就是天狼星。這就是天狼星帶給我們的東西。

如此看來我是在描繪一幅黑暗的圖畫。但這是我們必須牢記的，天狼星的能量到底留下了什麼？畢竟，在這回合結束之前，我們仍會持續接收到它的殘餘能量。

現在天狼星有它的新生命，不再與人類相關，也跟整體意識的程式化毫無關係。那已經結束了。我們面對的是死亡的殘跡，因為那是一段緩慢的死亡，帶著黑暗的一面。那麼光呢？光又帶來了什麼？

光能夠引導群體的焦點與能量，將之轉變為強而有力的

形態，因此擴展了整個基因庫的智能。我們今日所享有的科學，已不再是與世隔絕、自個兒坐在城堡實驗室裡的天才的副產品。現在科學是在科學工廠裡生產的。數百萬個科學工廠，加上數百萬個專業科學家。而這一切的起源可回溯至古埃及，龐大的官僚制度也在那兒被創建。這就是天狼星。

位於天狼星的那顆水晶——那顆在暗伴星來臨時，對我們的意識發揮巨大作用的水晶——已經不復存在。它永遠不會再來。在這回合結束後，不會再有下一次的輪迴週期。一千三百年就人類而言似乎頗漫長，但對宇宙來說，死亡幾乎是瞬間的事。

當你仰望天空，你看到的是過往。緩慢但確實地，過去將在後來的某處趕上未來。天狼星真的已經不存在了，它的水晶在瑞士。那顆曾經耀眼奪目的星星已經死去。

當暗伴星奪去天狼星僅存的生命時，剩下的只有殘跡和那猛烈的最後喘息。這表示我們的程式不再正確。四角已缺了一角——有些東西被帶走了。那不只是單純的消失，而是一種退化的現象。也就是說，這是個緩慢的過程。順帶一提，從宇宙的層次來看，這個退化其實非常快速。但從我們的時間觀來看呢？在這一回合接近尾聲時，會有人去關掉那道光。不過，光還是會持續往我們而來，微中子場的殘存訊息仍會湧入（微中子場一直釋放到 1991 年為止），我們也繼續接收這些資訊。這不會是瞬間的崩潰。

少陽的退化

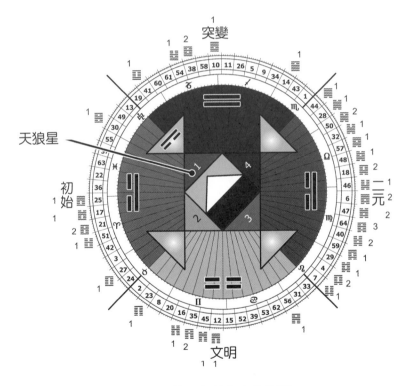

天狼星在卦象上的影響

想想看少陽的爻線組，出現在六十四卦的哪些地方——要看的可不只是它所連接的那個區塊❶而已。在曼陀羅輪上，該區塊對面的整個二元區塊，每一卦都有少陽的爻線組❷。

整個少陽的連接以及它所代表的部分都正在崩解，在我們的化學性和生物性上都產生質變。這是相當神奇的事。當看著陰爻在下、陽爻在上的二元配置時，我們看見的不再是三位一體。取而代之，我們看見的是基本的三聯體，宛如DNA 密碼子或是六爻卦的建構方式——也就是三對爻線組。我們可以發現，因為這個組成正在退化，最後的結構體才得以出現。換句話說，這是必須的發展，而退化得最快的，就是上面的陽爻。

每個帶有少陽成分的密碼子，都會發生質變並藉此放出訊息。因為我們在這裡看到的一切，都和訊息的發送有關。所有這一切都是訊息系統，全部都是。

木星與它所生產的細小微中子流所做的工作，是接收訊息後進行轉譯，接著調低頻率，再發送出微中子訊息，經衛星過濾後傳給十六張臉與卦象。

我們現正迎接的是「門戶的閉鎖」。我們在 1961 年進入目前的這個週期。它將在 2027 年結束，並移往新的主題。（詳見 180 頁）

我們進入當前這個主題的時刻——如果你從總體回合圖裡的鎖與匙來看——你會發現這是 61 閘門的紀元。也就是說，只有在這個紀元，唯有現在，「內在真實」才可能存在，併存於神祕與通俗之中。

這是智慧之樹結實累累的時代，但你仍得設法讓人們摘食果子。因為時代之門就要關上了。

創新改革的世紀即將結束——對於存在本質的研究，集體共享的合作調查已近尾聲——一切都將走到盡頭。所有與此相關的啟示也會隨之完結。這全是因為四角的一隅不再正確運作。

隨著我們走向 2027 年，「覺知」的時候到了。當 2026 年出生的世代死亡時，最後殘存的那些曾指引我們生命進程的真實啟發，也將完全消失。一切就此結束。啟示之類的事物將進入尾聲。從現在到 2027 年這段期間，如果有答案沒被發掘或分享出去，將來就無從得知。門是真的會關起來。事物消逝中，也將無法再為人類意識所用。我們身處改變的偉

---

❶見上圖，少陽位於被中央的 1 角（天狼星）與 2 角包住的這個「初始」區塊。

❷圖中特別標出來的卦，都有少陽的爻線組。卦象旁邊有數字 1 或 2，分別表示該卦的三對爻線組中，有 1 或 2 對爻線組是以此結構組成。

大時代，可以帶著覺察地活，認清宇宙的機制並親眼見證其運作，真的很美好。

看見整個過程那龐大、浩瀚、綺麗、絕美而光彩奪目的組織，真是太不可思議了。能清楚看見入世化身走向結束（如果我能那樣說的話），對意識而言是個偉大的勝利。走到這一步，對我們而言相當重要，因為這開啟了接收整體意識的平台，也展現出整體發展的最終階段。

這是實驗的漫漫長路——人類承受著折磨，所有不知緣由的痛苦不斷來來去去、進進出出——這一切的一切，都是為了實現「讓意識能真正地棲身於形體」這個我們甚至無法一瞥的遠大目標。如果你依循這個程式，我們似乎都在正軌上實現這個可能性。這是因為第一角已不復存在。

這個機制程序，這個宇宙的整體目標，就是要創造出理想的形體。理想形體能支持並過濾意識，直到意識能夠自我觀照，生成瑪雅幻象，直白的說其副作用就是會擁有大智慧。無論我的人類世俗觀點會是什麼樣貌，我的宇宙觀都會充滿龐大的樂趣。在許多的生命體內，都有這樣的意識火花。不管是生命的目標或宇宙的目的，都是形體的原則。當你建構形體原則時，事物會在某一個舞台上運作，而不會在別處運作。想一想，打字機和電報後來怎麼了？那些形體在目標完成後便消失無蹤。

十六張臉

在這張圖中，你看見的是訊息從中心向外流動的方式。外側那四個沒有數字的三角形（中間是十六張臉）是木星的四顆衛星，負責轉譯四角。

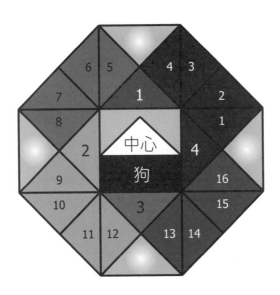

人類曾有的神與女神都可以在十六張臉找到。這十六張神之臉，就是眾神。這很值得思考。想想看我們所謂的「神」，事實上只是無生命形體中的一顆個性水晶。就只是一種無機程式。它們並未活著，不是我們所理解的那種生命的概念。它們是生命力的一部分。它們的運作來自恆星的生命，畢竟這是個終端的狀態。

　　地球位於個性水晶建立的鞘裡。當你看著十六張臉，你看見的是核心基礎。在某種意義上，每張臉就像是圍繞著我們的水晶束的一個中心。地球被這些個性水晶束包裹著。這

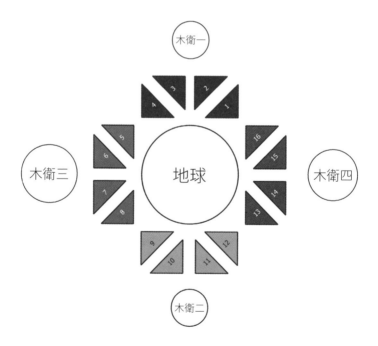

些水晶束的數量非常龐大，但裡頭大多數的水晶都不會化身入世。

　　在成千上萬的水晶束裡，只有十六條是最常轉世化身的水晶源頭。每一張臉都是一個整體，展現出可辨認的個性水晶束。

　　隨著時間過去，每一張臉都獲得了不同的價值。它們被賦予了神與女神的個性，包括佛陀意識場、基督意識場，這些人們試圖表述的不同方式，其實都只是機制的實際情況。有個過濾系統持續運作，直接對我們產生影響。

　　在微中子流抵達地球之前，必須穿過所有的水晶束。水晶束不僅過濾來自太陽的訊息流，也過濾那些源自四角的恆星背景場的微中子流。

　　我們皆源起於十六條水晶束的其中之一。在這一回合的尾聲——也就是 1300 年內——有四條水晶束會被消滅。它們是位於突變區塊的黑帝斯、普羅米修斯、毗濕奴和守輪者❶。它們都是太陽結構的水晶。在這之前，已經有大量的個性水晶被剔除。這四條水晶束經過一段漫長的時間後，將在太陽的中心長時間燃燒，並因此釋放出微中子訊息。沒有任何事

---

❶ 守輪者（the Keepers of the Wheel）並非特定的神祇，而是這個曼陀羅輪的守護者的統稱，也泛指隱匿的眾神。

物會遺失。許久之後，玉龍的曼陀羅將到來，屆時的回合不再是十六張臉，只剩下十二張。

我們所看見的，是這四位神祇將轉化為凡物。在目前這回合的尾聲，這最後的具現次序中，第一到第四張臉（也就是為天狼星服務的這些神）將會和天狼星一樣化身為植物的形體。它們將變成凡物。它們的力量與影響不復存在，也無法再次轉世。生命的遺傳結構將會崩解。曼陀羅輪繼續轉動——但在某個時間點上也會崩毀。它就這麼破裂而分解，如同幻覺一般。

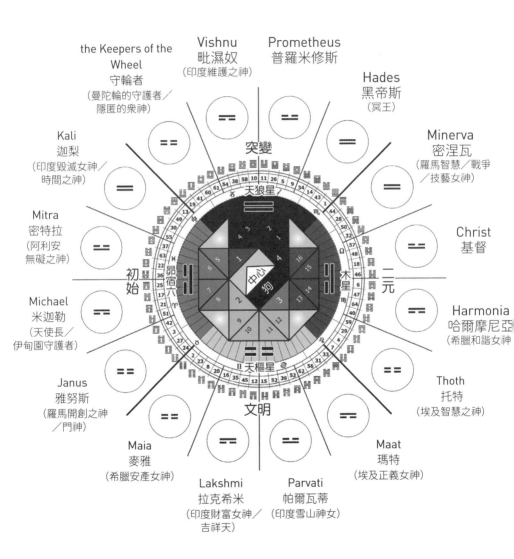

the Keepers of the Wheel
守輪者
（曼陀輪的守護者／
隱匿的衆神）

Vishnu
毗濕奴
（印度維護之神）

Prometheus
普羅米修斯

Hades
黑帝斯
（冥王）

Kali
迦梨
（印度毀滅女神／
時間之神）

Minerva
密涅瓦
（羅馬智慧／戰爭
／技藝女神）

Mitra
密特拉
（阿利安
無礙之神）

Christ
基督

Michael
米迦勒
（天使長／
伊甸園守護者）

Harmonia
哈爾摩尼亞
（希臘和諧女神

Janus
雅努斯
（羅馬開創之神
／門神）

Thoth
托特
（埃及智慧之神）

Maia
麥雅
（希臘安產女神）

Maat
瑪特
（埃及正義女神）

Lakshmi
拉克希米
（印度財富女神／
吉祥天）

Parvati
帕爾瓦蒂
（印度雪山神女）

突變

初始

二元

文明

天狼星

木星

昴宿八

中心 狗

天樞星

六十六面

天空中有六十六顆星，我們知其名，而它們也知道我們的。

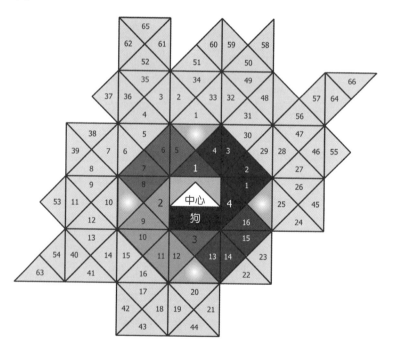

拉 · 烏盧 · 胡的人類大預言

1 Difa	1 迪發	34 Arcturus	34 牧夫座主星—大角星
2 Pleiades	2 金牛座—昴宿星團	35 Ras Alhague	35 蛇夫座主星—候
3 Hyades	3 金牛座—畢宿星團	36 Mulam: the Root	36 天蠍座—尾宿八
4 Aldebaran	4 金牛座主星—畢宿五	37 Polis	37 射手座—南斗六星
5 Rigel	5 獵戶座—參宿七	38 Mirach	38 仙女座—奎宿九
6 Antares	6 天蠍座主星—心宿二	39 Deneb Kaitos	39 鯨魚座—土司空
7 Rastaban	7 天龍座—天棓三	40 Agena	40 半人馬座—馬腹一
8 Vega	8 織女星	41 Spiculum	41 大熊座—上台增七
9 Altair	9 牛郎星	42 Talitha	42 大熊座—上台二
10 Fomalhaut	10 南魚座主星—北落師門	43 Almach	43 仙女座—天大將軍一
11 Deneb Adige	11 天鵝座主星—天津四	44 Rana	44 波江座—天苑三
12 Bellatrix	12 獵戶座—參宿五	45 Caput Algol	45 英仙座—大陵五
13 Capella	13 御夫座主星—五車二	46 Alphard	46 長蛇座主星—星宿一
14 El Nath	14 金牛座—五車五	47 Al Jabhah	47 獅子座—軒轅十三
15 Polaris	15 北極星	48 Benetnash	48 大熊座—瑤光
16 The Pole Star	16 小熊座主星—勾陳一	49 Caput Hercules	49 武仙座主星—帝座
17 Betelgeuse	17 獵戶座主星—參宿四	50 Alpheratz	50 仙女座主星—壁宿二
18 Pisces	18 雙魚座	51 Algenib	51 飛馬座—壁宿一
19 Canopus	19 船底座主星—老人星	52 Phact	52 天鴿座—丈人一
20 Castor	20 雙子座主星—北河二	53 Alphecca	53 北冕座主星—貫索四
21 Pollux	21 雙子座—北河三	54 Acubens	54 巨蟹座主星—柳宿增三
22 Procyon	22 小犬座主星—南河三	55 Merak	55 大熊座—天璇
23 Serpentis	23 巨蛇座	56 Ras Elased Aust	56 獅子座—軒轅九
24 Algenubi	24 獅子座—軒轅九	57 Thuban	57 天龍座主星—右樞
25 Regulus	25 獅子座主星—軒轅十四	58 Terebellum	58 射手座—狗國四
26 Mizar	26 大熊座—開陽	59 Albali	59 寶瓶座—女宿一
27 Denebola	27 獅子座—五帝座一	60 Nashira	60 摩羯座—壘壁陣三
28 Markeb	28 船帆座—天社五	61 Gienah	61 烏鴉座—軫宿三
29 Algorab	29 烏鴉座—軫宿三	62 Sadalsuud	62 寶瓶座—虛宿一
30 Spica	30 室女座主星—角宿一	63 Alnasi	63 射手座—箕宿一
31 Dheneb	31 鯨魚座—天倉二	64 Zuben Algenubi	64 天秤座主星—氐宿一
32 Hamal	32 牡羊座主星—婁宿三	65 Kornephoros	65 武仙座—天市右垣一
33 Algedi	33 摩羯座—牛宿二	66 Achernar	66 波江座—水委一

每個人都是奇蹟——
我們都是獨一無二的

　　在你真正擁抱自身獨特的那一刻，你就是神。但這對人類而言太過困難。我們身陷龐大的概括整合與同質化。我們被混為一談，然而你我在內每個人的獨特潛能，都是絕對的、無與倫比的完美，我們的完美耀眼眩目。沒有任何東西像你一樣。因碎裂而生的每個面向都很獨特，也創造獨一無二的可能性。你是整體必不可缺的要素。這並不是說你可以選擇去留與否，而是要認清自己有多精采、多了不起。我們都很重要。但我們並沒有真正明白這件事。難道你認為在你前額葉裡工作的細胞，會知道你的生命經驗到底是怎麼回事嗎？

　　你位於分形結構的哪個層級、哪個位置，其實沒有差別。我們都是重要的本質。所以，「愛自己」真的是非常神奇的事。你是唯一。不會有另一個你存在。沒有對比，沒有好或壞，沒有這個或那個。你要怎麼做比較呢？生命會確保你永遠身處對的地方，與對的人在一起。你在分形裡是高或低並不重要，你是否過著大人物般的物質生活也非重點。一切只關乎

你是否出現在生命需要你的地方，而不是憑著自己虛榮的心智，認為自己應在何處。

　　活著，是愛的展現。我們並沒有被愛著。我們是愛。我們就是它。所以，你或許可以停止探尋它了，因為它就是你啊。

愛來自深切的臣服

　　在極為深切的臣服中，你會發現自己的獨一無二，並找到你的美好。回歸起點所踏出的每一步，都讓我們的水晶成為融入整體的一部分。

　　想想你的個性水晶，想想通過水晶的微中子——進行程式的同時也被程式化。微中子穿過水晶，留下了訊息，也帶走資訊。只要整體存在著，你的個性水晶就會不斷程式化整體。這 140 億年來，水晶一直努力工作著，但你看看人類卻在世俗層次上，不斷覺得自己糟透了！我們所聽到的都是低估自己，認為自己無能、匱乏的批判。

我們在創建宇宙

　　如果你觀察地球上所有的意識水晶，它們代表的是整體的大腦潛能。這就是意義所在。我們設計「孩子」這個載具的本質，我們在創建宇宙。

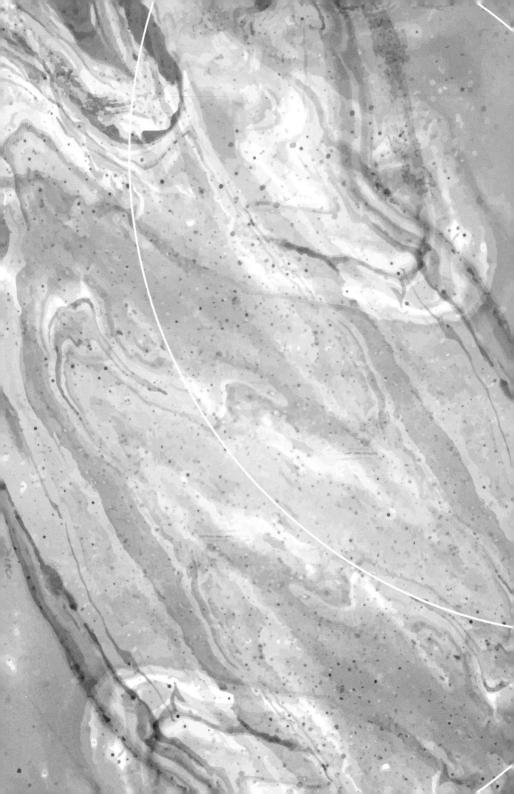

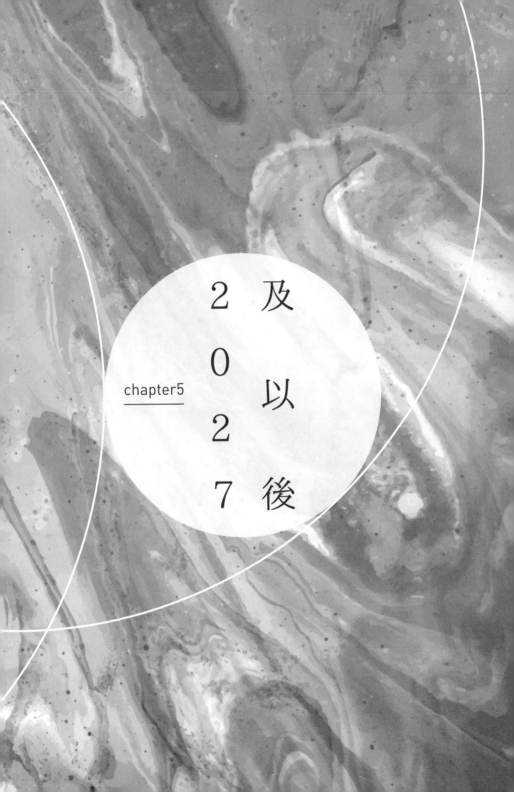

及以後
2027

2027

chapter5

九中心過渡形體

1781 年以前，人類擁有七中心的程式，那是七個印度脈輪的佛陀體。地球上沒有其他物種以如此快的速度，經歷這麼多的演變。我們是極具突變性的生物。以七個中心構成的人體圖，曾經只有五中心，更早之前則是三個能量中心。七中心人算是某種「完美」，而九中心的存在則是「潛力」的設計。

智人這個物種在 1781 年走到終點，現在的我們處於過渡期。這正是日子為何如此艱難的原因，但也帶來某些從未存在過的事物：

如果你觀察所有的宗教信仰，全部都屬於七中心人。對於九中心人而言，它們不再占有一席之地。我們都受制於七中心的歷史。譬如道德準則，以及那些是非對錯的基本主題。它們全都發展自七中心的「單一世界」，突然間，你來到1781 年，英國天文學家赫歇爾爵士首度發現天王星，這是一

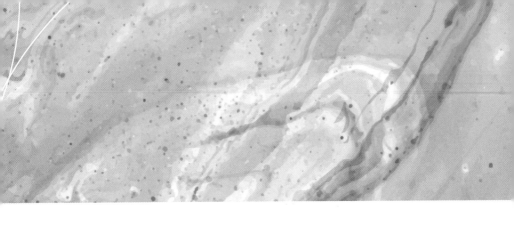

神信仰終結的開端，也讓追尋合一的七中心之旅邁向終點。

　　從往昔至今，我們仍保有的是心智的力量，但擺脫腦袋的時機即將到來。

　　銳會大大受到感受中心❶的影響，對他們來說那就是一切。而我們則必須將自己解放出來，不再只是一種不復存在的形體的劣質複製品。心智真的不再是重點。

　　過渡期的形體得要同時服務兩種存在、兩種相異的物種。認真一想，這個形體實在太無與倫比了。它在過去就這樣存在了。我們一直擁有這樣的過渡形體，讓新形體能從舊形體中現身。

———

❶感受中心：即人類設計系統中的 Solar Plexus Center，另譯為太陽神經叢或情緒中心。

2027 年時，銳將從我們的過渡期形體中誕生。這帶給我們巨大的機會，也在我們面前設下巨大的阻礙。真正的人類已經不在了。想想在 1781 年之前生下來的最後一批七中心設計的寶寶。這是不久前的事——他們當中的某些人已經活到 90 歲——世界上仍有他們的身影。而隨著 2027 年一日又一日地逼近，我們所運作的這個形體也不斷發生改變。

　　負責這個機制的主要是冥王星。冥王星不太一樣，它並不在太陽系的行星家族中。它是個推進器，推動這個逐步變化的過渡期。它一步步地打開銳的可能性，並減弱人類的潛能。它是偉大的冥界之神。能領受這位「閉門者」的力量，是一種恩典。這正是 Ra Uru Hu 的「Hu」的意涵。這個頭銜由聲音授與 Ra。「Hu」就是「閉門者」。門可以很完美地關閉，因為隨著我們愈加靠近，事態也將陸續明朗。冥王星是 1781 到 2027 這段轉換期的推手，推動以感知為基礎的新型態意識誕生。它正在等待發光發熱的一刻。

　　我們將有 1300 年的時間，有兩種不同的生物共存於這個層次。在全盤理解的可能性實現之前，你無法將門關上。但這並不表示每個人都做得到。這不可能發生。總是有某些分形可以達成，而有些則被拒之門外。

　　為了在 2027 年發生突變，人口大爆炸是必須的，但人類個體不會因此受益。另外還有溫室效應。這些都是必要條件。我們是為了意識的進化而存在——沒有選擇。自閉症和

攝護腺癌是突變發生所導致的副作用，所有的犧牲都是為了轉化。

當銳孩童出現，他們都會基於感知來決定優先次序。銳將進入你我全然未知的世界。雖然我們也身處同樣的地方，但就維度來說，我們是活在截然不同的世界。

當 2027 年到來，有兩個議題需要面對：首先是我們自身的責任，再者，是以人類物種的身分，正確地把門關上。我們的責任是以利他主義的犧牲，來支持那些要取代我們的銳的誕生。當我們回顧所處紀元的這最後 300 年，會發現這真的很特別，可以視為人類之門被關上的時期。1781 到 2027 年是一段極為特殊的時間，將由**沉睡的鳳凰十字**（Cross of the Sleeping Phoenix）完結。

我們站在某種深奧事物的邊界之上。初始的階段已經結束，在 2006 年之前出生的人會逐漸消逝。這個過程緩慢，但已是進行式。我們在 2027 年會跨過分界線，再也回不去過往。現在每個人都擁有某種美好，但當週期轉換的震動發生時，也會出現許多醜惡。有許多人將為此受苦，但也會有人因而成長茁壯。

但你無能為力。

銳的設計圖與我們雷同，但銳和人類各有各的設計「維度」。兩者的迴路截然不同，相異的意識棲身於同一張圖中。銳的設計有著不一樣的解讀方式。倘若我們時間足夠——可惜我們沒有，因為我們會在 1300 年後邁入這個層次的尾聲——我們人類終將滅絕。而在這個過渡期形體結束後，會出現終極的形體設計，也就是十一個能量中心的銳。

　　銳來到這裡，是要成為**共享**意識的一部分；這樣的認知處理程序，是我們演化軌跡的完成。

　　想一想，我們人類花了多久的時間，從受制於各種力量，進化到可以用雙腳走路，乃至擁有自身的權威？脫離無明，追尋覺知，然後獲得我們各自不同的獨特真相，這真的是一趟漫長的旅程。但銳無法和人類一樣有如此奢侈的時間。我們以將近十五萬年的時間演化成現在的樣子。銳只有一千三百年。他們一開始只有很小的族群，這樣特殊的情況將限制他們的成長潛能，更重要的是，他們必須學會如何以融合的意識來運作。

　　我們面對的是一種先進的形體，這種形體的自身發展相對原始，並且對其同類有很深的依賴。這和我們真的太不一樣了！

　　我們**獨自**出門，但他們來這裡是要成為群體中的一員。而且他們採用的是不同的認知方式。

先來看看人類：我們擁有單一的功能與目標，在這個脈絡上我們稱之為**策略**。這十萬年來，以七中心形體運作的人類所達成的成就，是透過其策略性的認知，在地球上奠定了優勢地位。

打從 1781 年起，我們大多數人突然對某些事物感到不適，像是對待動物的方式，或是人類想征服**一切**的貪欲；這並不奇怪。事實上，我們現在會這麼做相當自然。雖然我們是策略導向的人類，但我們同時棲身於過渡期形體中，因為**感知**的出現而深受衝擊。這種作用將不會出現在銳身上，卻對我們人類的運作帶來影響。

七中心人是純粹的策略性存在。每件事都是基於「成功」和「找出答案」的主題。一切都與安不安全、確不確定有關。

人類的視覺敏銳，因為兩眼距離相近，我們天生擁有非凡的空間距離感。而這也是策略性過程的一部分。人類仍以策略性的思維來理解生命，這是一種同質化的思考方式。不管是哪個地方或哪種社會，你會發現年輕人受的都是策略性的教育。

他們學到的不外乎是如何聚焦於問題、如何找到解決方法、如何保護自己。

隨著**沉睡的鳳凰十字**到來，我們來到人類生育力的終點。

關於人類的生殖過程，我們所認知的一切都將徹底改變。

　　基本上，我們現今擁有的所有技術都是七中心世界留下的產物，沒有什麼新科技能改變一切，沒有什麼「奇蹟能源系統」能取代被我們消耗殆盡的自然資源。繁榮已經完結。就像一台用光汽油的車，而恰巧山腳下有個加油站。我們人類位在山頂，就只能往下滾。我們沒電了。這就是人類的現況。而美好的是——因為美好總是存在——我們可以有意識地覺察，而且對於即將來到世上的那些**感知**導向的孩子來說，我們的貢獻是有價值的。

　　人類的協調區域是「心智」，對銳來說則是「記憶」。明白這點對我們非常重要。記憶不會像心智一樣執行視覺概念化的作業，它是一個儲存區域。

　　銳沒有心智，但當銳處於「伍群」❶的狀態時，伍群就會像心智一樣運作，變成一個巨大、複雜且極有力量的存在。它不是個人的自我觀照意識，而是某種我們難以理解的意識場域。一個意識場不只有單一成員，而是由三到五人組成，一旦集結在一起，他們內在的深度都將透過伍群的活動而展現。伍群成為生命，而且那不是單獨的生命。

　　談到社會演化，人類並不擅於此道。蟻群才是社會演化的縮影。我們人類不懂。我們必須使用網路和電話。事實上，我們的目標是滿足我們**各自分離**的獨特性。我們不是銳。你

會發現銳的脆弱，他們的感知驅動意識在孤立狀態下是殘缺的。

當你遇到一個未處於伍群狀態的銳，他看來會是個無力自理的殘障，需要被照顧，因為他似乎連最基本的策略都搞不清楚。單獨的銳只有一個優勢，就是有希望被送到養護機構看照。然而，只要他們在這些看護所裡聚結成伍群，劇情就會急轉直下，因為他們的心智將成形，擁有概念化的能力。

如果你是個以**情緒**為驅力的人類，那麼你已透過制約學會善用策略性的心智，這當然會引發策略性思維的諸多不安全感，儘管如此，你使用心智的方式已被制約成形。但銳寶寶完全無法接受這樣的制約。他們活在我們無法了解的領域。這跟我們一同共享這個地球沒什麼關係，因為事實上，我們在很多層面都不會意識到對方。

在你探索銳的伍群策略時，很有趣的是，伍群沒有所謂的成功中心、知曉中心❷以及感受中心。

---

❶伍群（Penta）原意為「5」。本書以中國古代軍隊「五人為伍」的編制單位，將 Penta 譯為「伍群」。

❷成功中心即人類設計系統中的 Splenic Center，譯為脾或直覺中心。知曉中心即 Ajna Center，譯為阿基納或邏輯中心。

伍群是一個獨立的存在，無需依靠那些中心。其獨有的內建策略是**物質層面的優勢**。好笑的是，當你想著要提供協助、為他們鋪路時，他們的意識卻比我們更有能力主宰世界。如果時間足夠的話，那就是最終會發生的事。伍群是動態的物質性存在，也就是關於物質導向、物質發展和物質表現。這是最棒的形體機制。比起單獨的銳，伍群強大許多。它極為複雜精密，其強大的能力是我們未曾擁有的。

人類歷史上最特別的突變之一，是喉嚨的突變。這個突變讓我們得以表達，發展語言能力，這是策略性人類的驕傲。但很明顯的，銳不會是善於表達的形體。他們沒有這個需要。在策略上，語言能力深具價值，能夠迅速且大範圍地分享訊息，賦予人類凌駕其獵物的優勢；提供繁複的資訊，也是極為有利的條件，讓我們有能力征服地球。所以，語言是策略的重要元素。但銳對此毫無興趣，也沒有溝通的必要，因為他們是伍群。我們不懂箇中奧妙，連要猜測那可能意味著什麼，對我們來說都相當困難。

在下一頁的圖中，我們看到的是銳的「孤閉迴路」（Autive）。裡頭並沒有 49-19 通道。這些在 2027 年 2 月 15 日之後出生的小孩，不論他們是銳或人類，都會有一條不正常的 49-19。

這兩個閘門僅保留啟動的潛能。這對我們人類來說差別不大，但銳將擁有全新的迴路，卻又具備相同的通道及閘門。

你只能驚嘆於這個過渡期形體的設計，實為天才之作。19 與 49 閘門分開，所帶來的改變非同小可，舉例來說，我們和動物王國之間的關係因而產生變化。對人類來說這是一座橋樑，讓我們得以馴養動物，並利用牠們來餵飽自己。我不知道這對貓狗這樣的寵物有何意義，但這代表牠們將不再回應我們提供食物的控制環境，也不會再做我們喜歡的事作為回報。這真的會不大一樣。

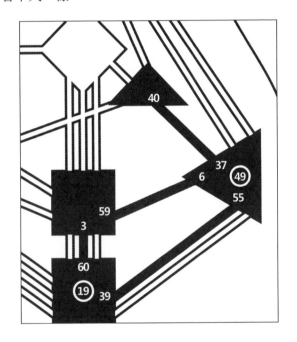

19 閘門也是一切宗教與靈性的源頭。宗教與靈性的終點即將到來，這也解釋了目前各個宗教的基本教義。他們加快了遊戲的速度，因為他們感受到風已經吹到他們臉上了。這並不代表宗教會在 2027 年滅絕。出生在這之前的大多數人，

將帶著信仰越過這條線，但結束真的只是時間問題。

　　19 閘門也和部落的需求有關，是部落與家族的驅動力。但這個需求的驅動力會消失。社群的支撐結構將不復存在。部落的宗教儀式、黏著力以及共同信仰的神明，都開始衰落崩壞。這樣的巨大變遷將對一切造成深遠的影響。我們必須了解到，人類進入的是非常個人主義的時期。而這也是人類的完美時代。

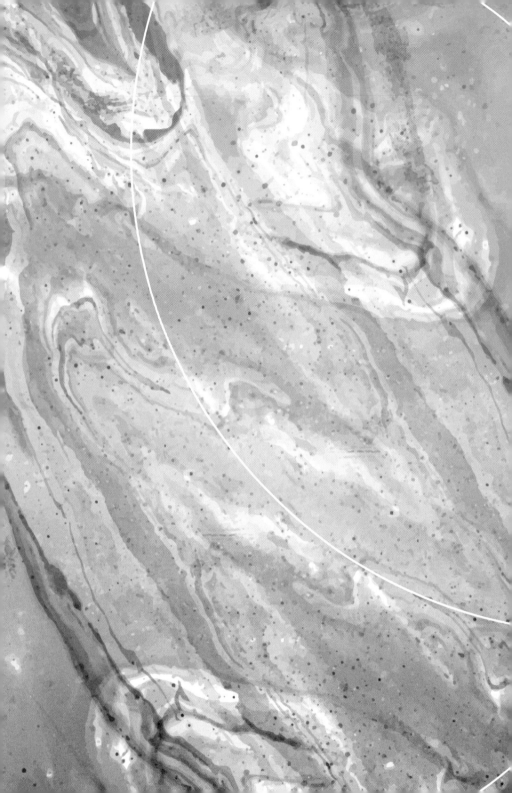

chapter6

銳
的
設
計

拉・烏盧・胡的人類大預言

不尋常的事情就要發生。這些轉變的時刻，在演化過程中相當罕見。我們面對突然出現的新突變，這全新的變奏攸關更大的物種主題。

　　這和我們多次經歷的那些不同。從人類的族譜來看，我們大概有過六至七次的不同變異。而這顯然是個非比尋常的時刻，你有一個能運作的形體，完成了它的目標，突然間卻得離開這個層次，因為它已失去支持，不再有生育力或其他好處。取而代之的是一種瞬間出現的新形體。

孤閉迴路 關鍵字：融合

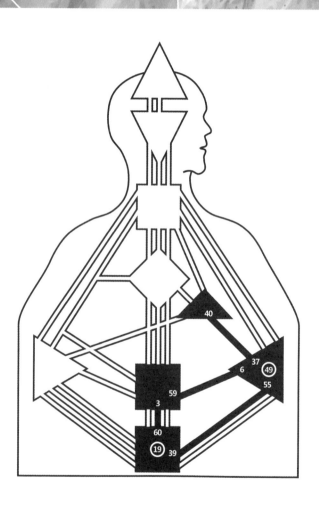

拉・烏盧・胡的人類大預言

　　關於銳的本質，你要了解的是，他的動力中心位於孤閉迴路裡。銳就是這麼一回事，而這也是我們人類無法理解的能量運作方式。我們面對的是突然出現的覺知潛能。孤閉迴路就是個動能的配置。它的主要任務是傳送與接收訊息，但我們無法真正領會。這個迴路的關鍵字是「融合」。這個有趣的字眼並不常見，也沒有太大的價值。當眾多獨特事物仍設法尋求真正成為一體的方式時，融合就發生了；這個方式讓他們彼此連結的程度，遠超乎我們表面的理解，那是一種無縫隙的共有狀態。融合是拋下**個體的差異**，並敞開自己去**融入**更大的整體。

　　如果你觀察感受中心的中央，會看到 49 閘門，而在根中心的中央則是 19 閘門。它們沒有形成通道。19 閘門並不屬於孤閉迴路。

　　所以，你在圖裡看不到它。當我們的 49-19 通道被淘汰

時，49 閘門就擔負起截然不同的功能。稍後我們會看到 19 閘門的新特質，那也會在 2027 年之後出生的人類身上運作。

孤閉迴路的訴説能量流

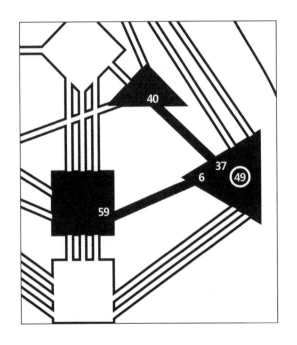

　　在看迴路時，我們都會去研究其中的能量流。當我們去看**訴説能量流**時，看到的是分享與融合的能量，能夠帶來頻率訊息，也能釋放頻率訊息。

孤閉迴路的接收能量流

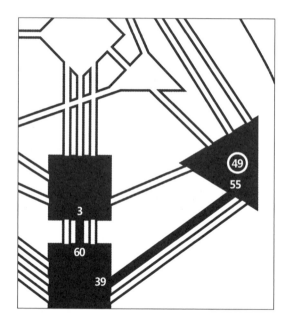

　　孤閉迴路的另一條能量流是**接收能量流**。所以，我們有一條能量流負責**訴說**，然後還有一條負責**接收**。這種接收至關重要。它是接收的覺知來源。而這裡所謂的接收，比較像是我們人類的吸氣。

存取的閘門

　　我們有兩個領域，一個是接收的能量流，一個是訴說的能量流。然後我們還有**存取的閘門**，也就是 49 閘門。它的意義重大。它是個協調點，將接收的動力和訴說的能量結合在一起，讓一切得以顯現。我們先前已經提過，銳將仰賴伍群而生，伍群把銳**融合**在一起，而銳則透過有意識的伍群來運作。

　　這和人類的伍群機制不同。我們的伍群是運用動力柱❶的通道，從服務中心穿過愛的中心，再來到分享中心。但這些通道並不在孤閉迴路裡。

───────

❶動力柱：動力柱是人類設計的薦骨中心連接 G 中心的三條通道，以及 G 中心連接喉嚨中心的三條通道。人類的伍群分析是另一套所謂「團體動力解讀」的知識，主要用來分析 3-5 人的合作如何運作。

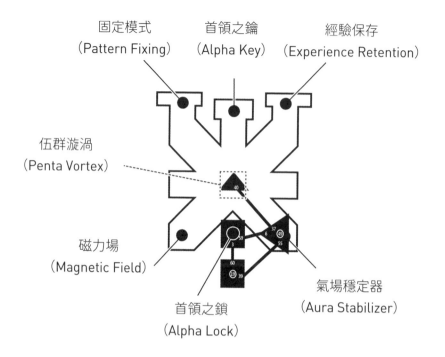

固定模式
(Pattern Fixing)

首領之鑰
(Alpha Key)

經驗保存
(Experience Retention)

伍群漩渦
(Penta Vortex)

磁力場
(Magnetic Field)

首領之鎖
(Alpha Lock)

氣場穩定器
(Aura Stabilizer)

上圖是銳的伍群設計。銳的服務中心掛在伍群的「首領之鎖」上。這是伍群利用這個能量覺知資源區的方式。它讓伍群有可能顯現自我觀照的意識，為伍群帶來力量。伍群擁有比我們人類更深刻的覺知，但策略面的限制也比較大。銳的伍群只有 12 條通道可供策略運作。這與我們所能運用的相比，真的受限不少。

在這裡，我們看到所謂的欲望中心❶和伍群漩渦（伍群的中央磁力場）之間的特別關係。最終，這會讓伍群有機會

展現特殊的意志力能量。伍群不僅跟人類有著相同的物質主義導向，而且它的物質主義導向還帶有意志力。伍群具有能恣意表達的覺知，那是我們未曾擁有且無法理解的東西。

在銳的脈絡裡，59-6 通道更像是一種將萬物拉進其氣場的磁力。所有這一切，最終都是為了擁有可存活的基因庫，而這表示必須有大量的伍群被建立起來，所以銳非常聚焦於吸引氣場。

孤閉迴路的一切都與食物有關。銳會非常挑食，只選擇孤閉迴路能處理的東西，而肉類不在他們可以好好消化的清單裡。銳也不再因為部落的需求而感到壓力，因為他們沒有社群迴路❷。他們不是策略性的。他們懂得如何協調訊息，並根據這樣的覺知來運作。因為沒有情緒波，他們不會喜怒無常。這就是為什麼他們看起來非常冷淡的原因。當一條通道的運作是出自於覺知而非情緒波時，那狀態是非常不同的。

想想那些你在一公里外就能嗅到的陰晴不定的人。他們將不復存在。

---

❶欲望中心：即人類設計系統中的 Heart/Ego Center，另譯為心中心或意志力中心。

❷社群迴路：即人類設計系統中的 Tribal Circuit，另譯為部落或家族迴路。

單獨的銳確實是無助的。然而，銳的伍群絕對不是無助的，反而能接收並整理所有訊息，提供給融合意識進行存取。銳要能存活下來，不依賴人類的慈善機構或人道主義照顧，唯一的辦法就是擁有策略能力。他們身為單一個體時不具備這種能力，但那個內建覺知、有意志力和意識的伍群就辦得到。那是一種**融合**的意識。

　　如果銳數量夠多的時刻到來，你就不用一對一地與他們溝通。你可以和伍群的融合意識互動，但沒辦法跟單一個體對話。伍群的意識並不等於其貢獻者的意識。若以最廣的角度來看孤閉迴路，它代表著一種工具，讓意識伍群得以存在。

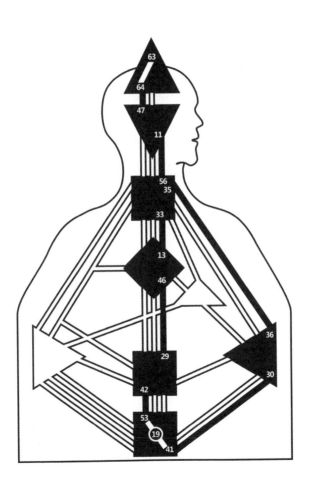

經驗迴路和人類的感覺迴路❶類似，但還是有些基本差異，這與閘門 49 有關，它是完成 2027 年突變過程的其中一個執行者。此迴路的關鍵字是**收集**。銳所**分享的東西**，是以最特殊的方式收集的事物。就算是看來極其無助脆弱的銳嬰孩，他吸收訊息的程度也比我們深上幾千倍。他們是厲害的收集者，但那並非為了自己而做。在能夠組成伍群之前，他們**不會知道原因**。他們不會試圖去理解所收集的資料，而是將數據解構並儲存到非特定的位元，這樣就可以再進行重組。他們的經驗層面與**成就**無關，他們臣服於一個更大的力量，由它來挖掘資訊，並且提供個體所沒有的東西。沒有人能想像遇到第一個有意識的伍群時，將為我們帶來什麼樣的衝擊。他們將不再脆弱易損，也不再為生存而感到恐懼，因為那不是他們的生命重點。只有人類才會有恐懼。

---

❶感覺迴路：卽人類設計系統中的 Sensing Circuit，另譯爲感知迴路。

集體迴路　關鍵字：完美

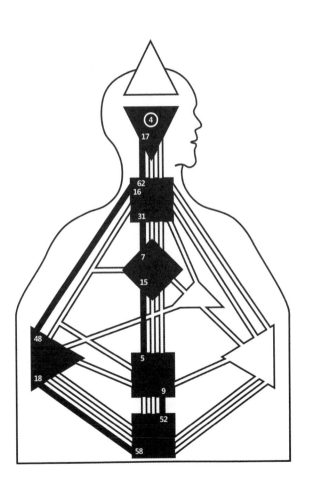

解決中心❶原本是人類成功迴路❷的一部分，但你馬上就會發現它已不在其中。成功永遠不夠，也從未被滿足。拿鋼琴家來說吧。巴哈協奏曲他們彈了兩千次。有些人可以演奏得相當精采，但你永遠可以表現得**更好**。再回頭來看銳，想想所謂的以**感知為基礎**是什麼意思。你根本不可能策略化。銳的這組迴路沒有訊息輸入。銳沒有恐懼，沒有質疑，也沒有上帝。那些都是人類的策略價值。銳不會像我們一樣，發展出關於**成功**的新模式。他們就只是接收一切，並將之提供給伍群使用。處理訊息並非銳的任務，但我們無法了解箇中道理。人類是透過發掘自己獨特的道路來實踐生命，銳則是釋放自己到超驗的意識中。如此不同，卻出自同樣的「盒子」，來自同樣的形體。

如果去研究從尼安德塔人到銳的演化動態，你會發現身體的強度以及骨量結構的大小已經不是重點。

策略讓智人優於肉體更強壯的尼安德塔人。只要有把槍，身材嬌小的女人也能支配全局。形體的發展已經遠離**強壯**和**快速**了。在肉體層面上，我們的身體似乎看起來不怎麼完好。

如果研究銳的迴路，你會發現在生存的過程中，「個性」並未被邀請入列。舉例來說，解決中心就被從集體迴路切除。銳本身已經不再對**自己**感興趣。

銳最終的生物形體有十一個能量中心，將會在我們現在

這個過渡的九中心形體之後到來，但銳其實沒機會住進去。銳會受限於這個九中心的載體內，就如同人類所受的限制一樣。形體原則的發展是 3-5-7-9-11。如果時間沒有縮短，到了 3263 年，地球的新一回合將以十一中心的形體開始，那就是銳最終將成為的樣子。就像我們永遠無法真正體驗七中心人類的設計，出生在這個過渡期的銳，也無法經歷到可能的完整轉換，成為新的物種。時限將被縮短。銳不會有機會棲身於那個十一中心的生物形體，因為地球上的生命在那之前就會先滅絕。

如果我們放著銳不管，而沒有幫助他們聚在一起，他們哪兒也不會去，因為他們沒必要那麼做。從維度上來說，他們所住的世界和我們的不同。每件事都跟感知有關。

那是瑪雅幻象的基礎。你早上起床，張開眼睛，這就是你已經習慣了的幻象。這個幻象透過你的雙眼運作，而在我們的演化故事裡，上一代的運作媒介是鼻子。現在，銳則是透過**頻率**來運作。他們透過頻率來感知，觀看方式有別於人類。他們從外在視覺轉變成內在視覺，進入一個沒有樹木、

---

❶解決中心：即人類設計系統中的 Head Center，另譯爲頭頂或頭腦中心。

❷成功迴路：即人類設計系統中的 Understanding Circuit，另譯爲理解迴路。

道路，也沒有天空的世界。除了頻率之外，其他都不存在。事物會透過伍群進行轉譯，再由銳分享出去。我們無法明白這樣的世界。

事實上，我們的身體不會活在同一個世界。這不是指他們會搶走我們的地球。他們會有自己的世界，我們永遠不得其門而入，也不會在那裡生活。那是獨特的次元環境，基於**他們**的感知而生。

這就像是看著一隻狗繞著消防栓嗅來嗅去。消防栓被許多動物定了頻率，狗兒忙著聞東聞西，而有人會覺得那動作很低俗。不過，我們並沒有任何相似的系統，能和狗兒的嗅覺機制相比。牠們以嗅覺接收多種面向且帶有各類訊息的東西，這個能力我們遠遠不能企及。那是另一種次元。或許有四或五隻狗經過消防栓，做著自己的事，而牠們可以分辨出剛剛來過的種類與性別。狗也能查出牠們的蹤跡來自哪裡，要往哪去，就算有好幾公里遠也不是問題。牠們「看見」的是氣味。我們觀看世界的方式和狗兒不同。狗甚至連聽的方式都跟我們不一樣。牠們的聽力敏銳，所以對牠們來說，大多數時候人類聽起來都像是在咆哮的蠢蛋。

銳會有自己的世界，那是有著強烈頻率的世界。我們要避免這樣的錯覺或幻想，以為人類會有能夠與銳互動的「特殊天賦」。這是自大虛妄的想法。或許透過理解，你會適應這個你不了解，也無法完全了解的物種。那對我們來說永遠

是陌生的，而且我們也不一定會被他們所吸引。我們來到世上是為了實現自己獨特的目標，並藉此完成我們的時代，以及人類這個物種的使命。

銳的目標就讓他們自行面對，那與我們人類無關。

物質迴路　關鍵字：採集

　　這個迴路確實展現出這個物種不為自己而做的奉獻。從我們的觀點來看，銳是連接伍群的一顆「硬碟」。人類都想用自己擁有的東西去做點什麼，翻越每座高山。所以銳在我們眼裡幾乎是可悲的。伍群是物質策略性的，但它對自己並沒有意識。伍群不會注意它的成員，也不在乎該如何餵養他們。然而，這些成員卻能意識到它。伍群並非一種形體，而是一種跨氣場形體。它是一個能量場，一個頻率場，是意識展現的地方。它非常複雜。伍群比我們複雜得多，我們的意識在大腦結構這個像盒子的框架中演出，並且因為我們的語言能力，只能粗淺地表達出來。

　　我們必須明白這一切有多麼不同。我們在未來真正要打交道的，不是這些成員，不是銳；我們要應對的是量子，是伍群。我們得認出伍群的個性，因為那才是我們必須面對的。那是真正的突變。

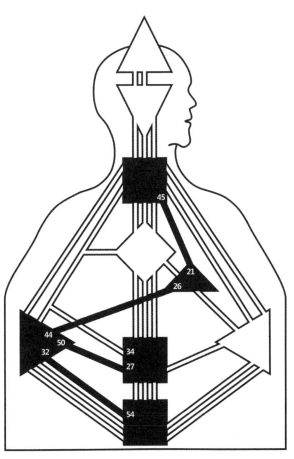

對照人類的迴路設計，我們會看到社群迴路的某部分消失了。我們的物質主義在政治上反映為左派或右派。舉例來說，若非資本主義就是社會主義。

集體迴路的成功與感覺這兩種面向，各自擁有甜美的幾何軌跡，以自己的方式來「分享」。但社群迴路的一切都要透過「欲望」來進行。社群的唯一重點是：**支持**。這是部落形成的原因，若非如此，我們不會喜歡提供支援。我們帶來了美好的社會支持。這包括社會契約與社會交易，食物、庇護以及教育。我們就是一個家族。我們必須照顧彼此，也不該忘記那些弱勢、貧窮、盲啞或殘疾的人。那就是人類，你幾乎可以說：「真好！」**社群迴路的支持和集體迴路的分享或個體迴路的創造**並不一樣。為了支持某人，為了關心與照顧對方，我們有親密而深刻的連結。不論賺多賺少，我們天生就有仁慈之心。這就是**支持**。我們並沒有那麼壞，畢竟這是基因的設計。我們有恰當的方式來處理物質層面的事情。

但**採集**跟**支持**不同。你看過蝗禍嗎？蝗蟲是非常漂亮的昆蟲，但牠們具有毀滅性，會像巨大的雲團一樣到來，並且吃光所有東西。牠們不是種植者。人類學到如果只是單純地採集，就勢必只能當遊牧人，持續不停地遷徙，而永遠無法建立文明。所以我們發展出採集和重建的本事，這樣就可以再次進行採集。

但銳的這個迴路並非種植者。它只會採集，不會栽下種子。

關於銳，我們需要明白的是：他和我們不同。銳追求同質化，但這裡所謂的同質化，並不是我們以為的那種「會讓我們遠離自己」的形式，而是一種融合的意識，個體不再是重點。如果你把一個銳隔離起來，他就會像放了一星期的蔬菜湯般腐敗、壞死。對人類來說，能獨立是一件光榮的事。我們是**「我是」**（I am）。但銳不是那樣。銳是**「反我」**（anti I am）的。他們的**支持**方式完全不是我們所理解的那樣。伍群是物質策略的存在，若你幫它裝上一組意識庫，它會非常擅於採集。但它的採集並不用作支出。他們的智力不會用來生產。他們的採集方式和我們不同。我不認為他們會遊走各處進行採集。他們的採集會以另一種方法進行，我們將會看到它顯現的方式。關於銳的大多數事情，我們都只能猜測而已。

　　人類為了發展眼睛的力量，放棄了大部分感官的深度。我們是非常視覺化的生物。眼睛的力量在銳身上會被大大消減，但是啊，他們會擁有其他力量！我們自己開始注意到那些從 1781 年就存在著的頻率，例如所有超自然現象的調查，可以追溯到十九世紀初。

　　銳的其中一個面向是要接受所有生物與無生物的頻率訊息。

　　在另一個層面，他會進行實體的接觸，探測任何與之接觸的對象。事實上，他們有能力操控身體所接觸到的一切東西。關鍵就是這種頻率能力。人類跟那些頻率沒啥關係，我

們也並未真正了解。而你得明白這代表什麼：當你把這些生物湊成一堆，變成伍群時，在量子層次上會發生驚人的事。

伍群將因為其頻率能力而具有侵入性，並藉此自我保護。觀察這種能力能做些什麼，並看看我們的感受如何，這會相當有趣。

伍群的成員是這些單純的接收型採集者。他們讓收集資訊的大門保持敞開，沒有懷疑、問題、理由或評斷，而伍群作為一個融合的意識，會將這些全部收為己用。對銳來說，只要不在伍群之內，就會有策略上的障礙。但只要他們組成伍群，就換我們人類在策略上居於劣勢。畢竟，如果他們要在這個被人類主宰的世界裡存活，他們就必須非常厲害才行。他們必須能夠在策略上自給自足。

他們會怎麼做呢？推測這件事頗有意思。伍群的其中一個成員，有可能把手放在電腦上，就能透過伍群實際傳送訊息，甚至操控電腦嗎？我們討論的是對頻率和訊息收集的敏感度。他們不需要知道如何使用訊息。他們是天真、甜美的小活佛。他們連蒼蠅都不會傷害。一切都是「我為你呼吸」，而那個你也就是它。

而它就是伍群。就是這個它在挖掘事物。

它所展現的策略力，會讓我們人類看起來就像尼安德塔

人。拖著巨大的棒子沉重地走著，希望有比我們還蠢的東西出現，讓我們宰來吃。

銳的伍群會活在它專屬的世界。它沒有興趣待在我們的世界。從他們的角度來看，我們是一團混亂。

他們要接收非常多的頻率訊息，因此會希望和人類保持一定程度的氣場間距，以免不斷吸收所有來自人類場域的訊息轟炸。我們可以推測，他們的頻率範圍將會長達好幾公里。

第一個出現的伍群，或許會在實際可達成的範圍裡，找到最與世隔絕的地方。我們需要入世，但銳不必。如同前面提及的，他們的進食方法也不會像我們一樣。他們有不同的食物，並且以不同的方式來處理能量。銳真的有太多面向跟我們不一樣。肯定的是，伍群會找出方法來面對我們，或許伍群中會有個代表來和我們溝通。在伍群的脈絡裡，他們或許是最佳發言人，但永遠都是伍群透過他們在說話。

銳到來時我們會發現，要創造出一種意識狀態，**形體**不再是最重要的部分。**伍群**的感知才是關鍵。

伍群是一種演化，伍群的意識會利用資源，並且以無形體亦無身軀的存在狀態活著。

當我們在邏輯上得出認知演化程序的結論，最終會得到

一種固定的載具，沒有可以移動的部分，因此無論如何都不會扭曲這個意識的過程。你不用餵養它，照料它的健康，或是做其他任何事情。那就是我們的軌跡。

我們正從在世界上的形體體驗，轉向超越世界的意識體驗。那就是銳的潛能：成為超越形體的意識體驗的其中一員，他們對形體的需求並不在意，只重視維持特定伍群的策略能力。

不管所處環境有什麼，他們統統接收，或許還會以那樣的方式吸收養分，誰知道呢？ Ra 沒聽說關於他們飲食過程的任何資訊，只知道肉類無法也不會成為銳身體的一部分。經過突變的胃到底會如何運作呢？我們只能等著看。他們會接受怎樣的食物？我們不知道，但總會有方法的。伍群的物質能力會確保這件事。

二元迴路　關鍵字：關懷

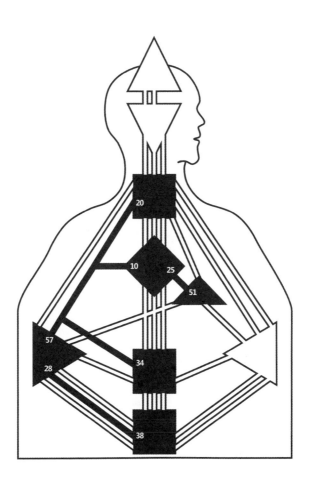

二元迴路展現了銳有多麼不同，並協助我們認清人類與銳的差異。人類那幾條自我生存的通道被詮釋為孤狼，是個體生存過程的骨幹。但現在，這裡多了 25-51 這條帶有強烈欲求的通道。所以突然之間，我們把來自人類三種迴路的過程結合在一起。這邊的**關懷**和你從人類身上理解到的那種關懷並不相同。當我們在 2027 年來到以 20-34 通道為主的時代，也就是**沉睡的鳳凰十字**，我們會覺得那似乎是個人主義的時代，但對銳而言卻是反個人主義的。正是這個二元迴路剝奪了銳的個體性。

如果有對夫妻生了一個銳小孩，或許會驚慌失措，因為他們會以為自己生了個不正常也不健全的孩子，覺得一切都染上了悲傷色彩。他們會思考該怎麼做，諸如要背負的重擔、要付出的代價等等。從我們的認知來看，我們已經知道銳的個體會有嚴重的生理缺陷，而且他的運動神經作用和肌肉發展都會相當遲緩，因為銳是第一個真正的天王星身體的生物。他們在身體上的成熟會比人類慢上許多。你也可以假設他們的新陳代謝會跟我們不同。這個特別迴路的有趣之處在於，它終結了個人主義。

假設有兩個銳嬰兒恰好在同一間機構裡，他們會立即認出彼此，就算還沒形成伍群，還是會有某些效應，那就是這組迴路所帶來的。只要其中一個銳知道這裡有兩個銳，他們就立刻被賦予生存的力量，直到第三個銳出現。一旦有兩個銳，他們就會啟動這個**活躍**的過程。銳來到這裡不是要獨自

一人，也不是要湊成一對，但那顯然是個跳板。就算一開始只發現一個銳，就算銳的人數還不夠多，都會是很大的安慰。他們以二為單位開始，而不是像我們這樣從單一個體起始。

而我們在這之中的責任是什麼呢？即便他們在數量上根本是瀕臨滅絕的物種，人類能否忍住不去對抗這股更強大的策略力量呢？有太多可能性，所以不容易做出判斷。當我們離開計畫十字的週期後，活在那個缺乏覺知的同質化世界會怎麼樣呢？這真的很難想像。有多少銳嬰兒會孤立無援地死去呢？有多少成雙的銳會在「沒有明天」的空虛中彼此扶持，直到可存活的伍群終於出現呢？只有一件事是確定的：當得以生存的伍群成形時，銳就不再需要任何協助了。

個人主義迴路 關鍵字：展現

　　這組個人主義迴路的有趣之處在於，它被剝除了「成功維度」。這讓它和人類相對應的迴路有所不同。而最根本的差異，在於它不具備人類「創造迴路」的突變要素。個人主義迴路裡少了 3-60 ❶，所以不會有突變。對作曲家來說，走出憂鬱，將之譜為精采的樂曲，再回到愁思之中是常見之事。但這組迴路不一樣。這裡沒有我們所知的那種人類設計裡的**情緒能量流**。所以這不再是突變的迴路。沒有喜怒哀樂，也沒有創造力。

　　見證演化的運作方式真的十分有趣。十萬年前，發生了喉嚨的突變。這個變化打開了概念上的心智可能性，以前所未有的方式講述並儲存經驗資訊。後來，喉部下降，並打開了視覺皮層的潛能，但最重要的是，這個變化讓聲音有可能發展複雜細微的差異，也就是我們所謂的語言。

---

❶ 3-60 在銳的設計裡，歸在孤閉迴路中。

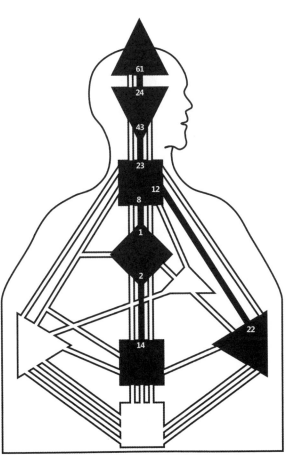

這是七中心人類最基礎的突變。

也是這個突變，將人類和我們的靈長類親戚分隔開來。我們和牠們之間唯一真正相似的，只有我們一歲前的樣貌。在那個時期，我們能夠做到靈長類動物一輩子都會做的事，也就是一邊呼吸一邊喝東西。我們在被餵奶的嬰兒身上可以發現這件事。嬰兒可以在吸奶時，同時用鼻子呼吸。事實上，如果嬰兒感冒，會非常恐怖。但突然間，他開始成熟，等到準備好斷奶時，就不太能夠邊呼吸邊喝東西，他會開始積聚氣體並開始吐出液體。這就是發生了突變。身為人類，我們無法邊喝東西邊呼吸，但我們因此有機會能展現聲音複雜的細微差異。嬰兒在這時期的聲音詞彙有限，等級跟黑猩猩相同。銳不需要依賴說話來表達，這個事實很清楚。在這組迴路裡我們就看得出來。這組迴路並不活躍，你也可以稱之為「停滯迴路」。它斷絕了個人主義的趨向。人類以擁有個體性為豪，但對於銳來說，個體性是原始的。所以你在面對擁有這個迴路的銳時，他會對你說：「抱歉喔，這真的太原始了！這根本過時了！」他們無法有任何的個體性展現。

Ra 的假設是，你可以在嬰兒介於九個月到一歲之間時，判斷出他是不是銳。你會發現這個嬰兒可以繼續邊呼吸邊喝東西。

假設這個嬰兒沒有發生喉嚨下降的突變，我們就確定他

會是個銳。如果你是人類，在一段時間之後就會開始吐奶，但如果是銳，就不會有這種現象。

銳或許甚至不能像我們一樣理解語言。對他們來說，那聽起來比較像是噪音。比起刺耳的聲音，音調和頻率帶給他們的訊息反而更多。我們面對的是似乎非常脆弱、不健全的生物，但他們並不脆弱，也很健康。如今人類設計這門知識，很可能為那些生下銳小孩、卻不知道自己在面對什麼而憂心如焚的家長，帶來希望與勇氣，因為他們不知道自己在面對什麼。或許並非百分之百，但有九成的機率，當小孩的發聲能力有限，且仍能邊喝東西邊呼吸地活過一歲，他就很有可能是銳。而這個銳也就必須被帶去和其他銳聚在一起。

這組迴路清楚呈現了這個事實。這裡沒有**突變**而停滯不前。12-22 通道所保留的是其社交的特質，但其中完全欠缺自我個性。愛的中心將只會透過伍群來表達其定位。銳非常單調，他們的情緒波被固定在平淡而停滯的狀態。他們不會有任何一種人類的情緒波，因為他們的感受中心以不同的方式運作。

若你著眼於性的部份，這兒沒有譚崔能量❶，沒有性的魔力，也沒有浪漫。銳是否能體驗到浪漫的吸引力呢？這點

---

❶譚崔能量：譚崔（Tantra）是密宗對性能量的概稱。這是基本的能量，可以被轉化為更高的形式來提升自我。

值得懷疑。

對於沒有自我意識的生物來說，那樣的事情似乎不可能發生。突變與繁衍將會從個體迴路移除，被放進孤閉迴路。這裡沒有展現自我的需求。沒有我們所理解的心智，只剩下純粹的儲存而已。這樣的轉變看來驚人，而其真正的意涵是，我們人類不再擁有與自我過程連結的魔法了。就更深一層的意義而言，它與銳的突變有關。這真的唱出了我們的死亡。它讓我們知道包括我們在內的一切，全都是原始的。地球上曾出現彼此競逐的克羅馬儂人，也有活在非競爭的社群結構中的尼安德塔人。他們都被徹底擊垮了。他們的時代已經完結。他們失去了自身的方向與突變能力。他們開始喪失繁殖力然後死去。這宇宙之輪的流轉，看起來很美。此時我們理當有意識地看看。看看銳，看看他們拒絕了什麼，又留下了什麼。答案就是我們。

在過去，人類總是屠殺一切具有威脅性的意識體。太過聰明或太具挑戰性的，都被消滅殆盡。人類證明自己是地球上最複雜且最有能力的生物，而登上了基因庫的頂端。人類唯一會包容的只有可愛的事物。只要孑然無依，銳絕對會無助到活不下去的程度。但如果你把他們湊成三個，甚或只要兩個，他們組合起來的氣場就能引來第三個銳，轉眼間就是另一個故事了。

凡事皆有兩面。畢竟我們活在二元世界裡。一邊會說：「這不是很棒嗎？這不是很不可思議嗎？媽的，是啦，我們正在死去，但管他的咧──新的也正在到來啊！難道我們不能將自己獻給銳，證明自己有多棒、多精巧、多無私而美好嗎？」但同時也有另外一面。當你將銳聚集起來時，他們就不再無能無助了。事實上，還得考慮到他們形成伍群時，可能會因為年輕而無法保持穩定地運用所擁有的力量。你必須了解，伍群會捍衛自己、照顧自己。那是個策略性的存在。伍群擁有龐大的訊息庫可供使用。每種生物的生命力都是無與倫比的。不管環境的狀況如何、無論年紀長幼或智慧多寡，沒有哪個生物會直接臣服於死亡。伍群意識當然也不會。所以，這是故事的另一個面向。我們或許能輕鬆地擁抱銳，但我懷疑人類在那時候能夠真正理解他們的本質是什麼。幸運的是，在人類的頻譜裡，總會有人去做這些事。

　　我們必須著眼於這即將發生的突變，就算這一切很美好，仍要用實際的眼光來觀察。這也許會在各方面產生許多令人不快的事情。對任何幫助建立意識伍群的人類來說，除了他們本來就會有的收穫以外，可以得到的回報少之又少。你不會從銳獲得任何報酬。事實上，你會失去他們。任何一對夫婦的銳小孩──身處於個人的無助之中，但仍是個有名字的存在，是愛與痛苦的焦點──

　　一旦身在伍群，他就會完全與人類世界隔絕。他會進入專屬的世界，並永遠不回頭。我們無法知道在他們的世界裡，

我們會是什麼模樣。他們會以我們無從想像的方式看待我們。那會是一種激進的方式，而他們將以這種方式來體驗環境。

就像克羅馬儂人擁有雙眼視覺，但尼安德塔人的視皮層較弱，只有運動視覺且似乎只看得見黑白兩色。這在貓和狗身上也是一樣，牠們靜止時沒有真的在看東西。

銳的觀看方式或許與我們不同。但這種比較並不公平。就好像看著你的狗兒時，狗從牠的世界觀看我們的方式，從很多標準來看，都是我們人類比不上的。這絕對不是感覺優越的問題。我們臆測狗狗如何看待我們，但這些都是我們天真的投射。你無法預測銳會看到我們的世界，看見你我、建築物或電腦圖像。他們擁有的是另一種世界。在他們變成伍群時，世界就有了目標。伍群將運用我們不會使用、甚至認不得的力量來完成目標。他們真的跟我們不一樣。就好像你或許很愛生活裡有貓狗的陪伴，但你永遠不可能體驗牠們的世界。我們也活在自身的維度之中。

離群索居的銳就像伊甸園裡的人。他們不得不被丟進世界。但只要銳孤立無援，這個過程就不會開始。唯有他們啟動了伍群的程序，才能建構出自己的世界。他們從我們的子宮誕生於這個世界，當伍群出現時，他們穿過鑰匙孔，進入我們永遠不得其門而入的另一個維度。

銳都是偉大的收集者。就算在我們看來是無能自理的寶寶，他們所收集的訊息量也超過我們好幾千倍。他們收集，

但並非為了自己。直到成為伍群之前，他們不會知道為何要收集。接著他們就會知道此生的唯一目標是什麼。

在人類形成伍群時，會不斷改變伍群的組成，也會離開伍群；但銳不會打破他們所建構出的伍群。要打破建好的伍群會非常困難，甚至根本辦不到。

這麼說吧，如果有四個銳被帶到診所，而有人準備對他們進行個別體檢。我幾乎可以向你保證這不會發生。一旦伍群被建立，我不認為有任何人或事能夠打破伍群的連結。銳建構的是恆久存在的正式實體，他們會保持這種狀態。

另一個問題是：如果他們會傳宗接代，那要如何繁衍呢？伍群會和伍群合併嗎？

伍群是無性的，是融合為一的過程，沒有性別之分。顯然，如果銳最終會蓬勃發展為十一個能量中心的形體，他們就必須能夠生育與繁殖。那他們需要另一組伍群嗎？功能正常的銳伍群可以複製更多的自己嗎？他真的在乎有沒有後代嗎？九中心形體的意識伍群還會在意這件事嗎？這到底有沒有可能呢？當我們把他們聚在一起、形成伍群後，我懷疑我們甚至無法一窺他們的世界。

我們無從進入他們的世界。我們所能看到的只是奇蹟；那終究可能發生，而我們可以觀賞。

有意識的銳伍群

我們所面對的突變，將把「策略的實驗」拋諸腦後。**策略**是人類的產物，只有人類才有策略。這個突變會關掉身體的特定區域，將儲存的能量資源轉換為控制環境的能力，而不是拿去處理身體層面的運作。銳看起來會比自閉症更嚴重。他們所擁有的是天王星的載體。在這個新的天王星週期的身體裡，身為人類的我們無法全然發揮。因為我們仍然和土星週期有所連結。透過自我觀照的意識，我們因而發展出種種方式來提高自身載體的潛能，讓我們可以活久一點，並且好好利用身體。銳的裝備則是完全不同的方式。他們不需要那些麻煩的基本配備。人體圖發生的變化，在最後的最後（也就是**我們**），開啟了新的開始（也就是**他們**）。這真的很不一樣。他們能夠掌控環境的方式遠比我們複雜得多，因為我們受到了「個人主義」的詛咒。

有個故事叫《盲人摸象》。一個盲人握住大象的鼻子，說這是條蛇。另一個盲人摸著象腿，說這是棵樹。伍群就是

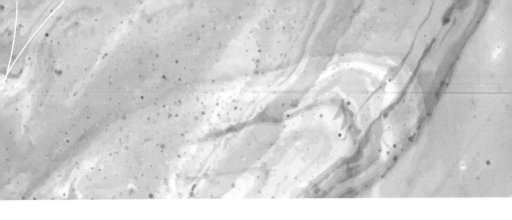

那頭大象。象鼻和象腿說的是什麼呢？我們可以那樣思考嗎？我們能夠理解就這麼活著而沒有目標與功能的存在嗎？沒有能力做任何事？這樣的存在如果沒得到幫助就會死亡，我們可以想想這代表什麼。

你會傾向以看待人類的方式來看**他們**，但你不能這麼做。事實上，**他們**什麼都不是。

他們是象鼻，也可能是象腿，但這不是重點。你要留意的是**大象**。這才是真正的核心。人類該怎麼理解呢？若要找出類似的存在，我們會想到的可能是植物人；但事實上，我們必須面對的是伍群這頭**大象**。當他們來到這世界，可以把他們想像成「裝成一包的肉」，因為他們看起來就是這樣。試想看看：當你把其中三個帶到一起，他們成了一頭擁有可怕能力的**大象**時，那會是什麼情況。

光憑研究銳的設計並無法探討意識伍群。化為意識的不是他們，他們只是參與過程。這很像觀察你的心智。他們都會觀看他們的心智，但並沒有所謂的心智，只有資源的運用。相信我，伍群會非常擅長運用資源。

我們正邁向這一回合尾聲的特殊事件。我們將成為整體生命潛能的一部分。宇宙整體將接收其**唯**一的個性。而我們現正經歷的這一切乃是整體意識的準備工作。包括銳與演化，一切都是關於如何臣服於唯一的個性，如何讓這個過程盡善盡美。在本書接下來的梵天之夜與玉龍（即地球生命終結後出現的形體）的章節，我們會看到這個浩瀚的宇宙將被賦予唯一的個性。

我們抵達了某個終點。某種意義上，我們來到了自私的終點。

我們處於故事的尾聲，上頭寫著「你得自個兒到達那兒！」所有發展出來的基礎架構，都是為了演化的進程。我們就快就會成為明日黃花。銳被我們生下，看來也像我們，但他們和我們完全不同，我們必須明白這點。

現在這個進化舞台，展現出個性得以棲於形體的可能性。這是關於宇宙大爆炸這個起源的故事；事實上，班水晶與圖水晶是兩顆設計水晶。

真正的個性水晶還沒出現。我們的個性水晶只是真正的個性水晶的「替身」。

我們每個人都是一個實驗，用來驗證獨特的個性是否能真實展現。

這也是我們身而為人的目的。當我們進入九中心的身體，明顯地，個性能夠在形體中運作，而現在演化走到了下一步：個性可以是**諸多**形體的中心點嗎？你因此得到了更深刻而強大的力量。這個階段的影響很廣泛，但與此同時，當你從整體角度觀察，這也只是個小舞台。而這正是我們要前往的地方。我們所迎向的未來，不同的形體各自擁有完美的獨特性，而它們一起讓意識有了棲身之所。這是為了最終的自我意識原則而存在的完美形體。

宇宙就是意識。這是相當重要的事。當我們坐在黑暗裡，好奇著「宇宙整體之光何在？」時，光就出現在這部深刻的內在電影的尾聲，伴隨著超過二十億年後的宇宙誕生而來。

相較於人類處理訊息的方式，伍群的資訊運用力強得驚人。可別以為這些銳嬰兒會缺東缺西，一旦連結成伍群，他們就無所匱乏。他們的世界沒有我們的那些疆界。只要你躲在門後，就沒人會發現你，但伍群卻看得見你。伍群並非真的「看見」，但就是知道你身在何處。不只是知道你的位置，還知道你的心率、知道你正散發什麼樣的化學反應——還有

一大堆的事——但伍群不會像我們的心智那樣詮釋一切。伍群很不可思議。

尼安德塔人是怎麼滅亡的？是克羅馬儂人殺光他們的嗎？我們不知道。他們會像我們看待猴子一般看待他們嗎？他們沒有欲望。他們不具策略性，他們的生活風格極為不同，可能會類似任何一種食草的哺乳類，以被動的方式與他們的世界互動。那是屬於他們的時代嗎？他們是因為繁殖力下降而滅絕嗎？抑或是全部加起來的結果？顯然，人類的生育力將越來越低，但人類顯然也將繼續存在，直到 1300 年後這一回合結束。滅絕不會匆促發生。尼安德塔人和克羅馬儂人曾在現今的西班牙等地共同生活了大概兩萬年。當人類發現第一組伍群出現時，會採取「獵巫行動」嗎？我們也不知道。無論我們談了多少這類話題，仍沒有人能夠想像，最後遇見這個「東西」以及他的個性時，會有多麼驚人。

伍群總想跟類似的伍群在一起。就好像人類會在各個城市和區域，集結成不同文化和語言的群體。那是伍群喜愛的。銳的伍群會尋找其他的銳伍群。當你將 81 個銳小孩湊在一塊兒，這就是他們可以真正消滅人類的時候。Ra 曾推測，只要地球還存在，我們就永遠不會看到 81 個銳湊在一起，但說真的，天曉得？81 是個神奇的數字。它是可以長期運作的基因庫的基礎。只要你建立了這樣的基因庫，它就能成長並主宰

所處環境。

　　如果我們能進入另一個回合（以前有過很多回合，不是只有一個而已），銳會是擁有十一個能量中心的存在。九中心形體只是個過渡期。我們拋下七中心版本，目標是到達十一中心形體。要實現這個目標，你需要在**這一側**與**另一側**都能起作用的基礎結構。也就是**橋樑**。對銳來說，順服根本不是問題，他們也不會去問「我該成為這個伍群的一部分嗎？」他們不是人類。沒有「策略」。沒有個體。他們是完美的收集者，他們的完美造就了伍群超級強大的表現。如果你湊齊了 81 組伍群，他們將會控制一切，並將擋路的東西全數推開。

　　一組運作的銳伍群和單一人類完全無法相比。我試著保持樂觀來看待銳的本質，以及人類可能會如何與之互動，但是談到人類的本性時，你也必須要客觀務實地看待。

　　人類必須活出策略的完美與可能性，因為「程式」發現到：發揮自我觀照意識的潛能，是生物形體最有效的生存方式。當個生物形體真的有夠麻煩啊！想想那些必須為了別的物種的生存而死去的其他生物。看看你每天花費多少時間來處理身為生物的一切難題，又得發展多少策略來活下去。我們人類是有史以來最厲害的生物。那麼，銳呢？

　　面對生物，你不可能放棄策略。因為如果缺乏策略性，你就會死。而意識伍群則是最強大的策略體。伍群會照顧其

組成成員。人類的伍群並非意識。所以，我們沒有被鎖定在其中。我們這輩子都在進出伍群。我們就像熔岩燈一樣不斷變形。我們都是巨大的生命程式的組成元件，而身為元件——就演化的觀點來說——我們在學習如何共處。我們正朝著共性、合一的方向發展。不過，那當然不是我們人類。

在梵天之夜後，個性水晶會降臨並穿入宇宙（類似於我們的個性水晶穿入身體的子宮），只有到那時候，萬物才會被植入個性水晶——實際上是**唯**一的個性水晶。

我們是巨大意識的作業。微中子海遍布已知宇宙的整個海岸。它無處不在。這一切就只是個龐大的意識。而它仍是一種形體，邊運作邊準備著。

你要如何為共同意識做準備？

你要如何做好準備來放手、臣服，接受必須為了更偉大的個性而放棄個人意識這件事？

我們正要看到軌道上的第一個實驗。在這個實驗裡，個體不具意義。全然依賴而鎖定，但又擺脫一切阻礙。

人類為了同質化而操勞，但銳將是同質化的完美呈現。同質化是將我們轉變為銳的起點。只要想想諸如宗教這類的「同質化機構」就好。只要將我們帶到銳面前就好。

每天都有超過十億人同時四肢觸地跪拜？你正指向銳的方向。如果你觀察任何一天的過境行運，就可以發現程式是如何改變這個世界的觀點，讓我們走向銳。這也是人們要打破同質化會如此困難的原因，因為這就是未來。神明與宗教都是工具，好將意識融合為單一觀點，讓每個人都有得以臣服的神聖對象。但我們不可能全然地將自己交付給任何東西，因為我們只想擁有自己的權威。

銳不需要神。銳有他的伍群。他們不會追尋任何事物。他們不做任何推論。他們不負責、不管事。他們無助但完美，而且別無選擇。我甚至不確定他們能否意識到自己的存在。但伍群可以。這是個完美的「神格」❶。這也是整個神的故事的核心意義。這早就被寫進我們的基因裡了。

我們都被欺瞞了，而這一切只為了一個目標：融合意識到底可不可能？

---

❶神格：和先前提及的神之臉，在人類設計裡是一樣的。

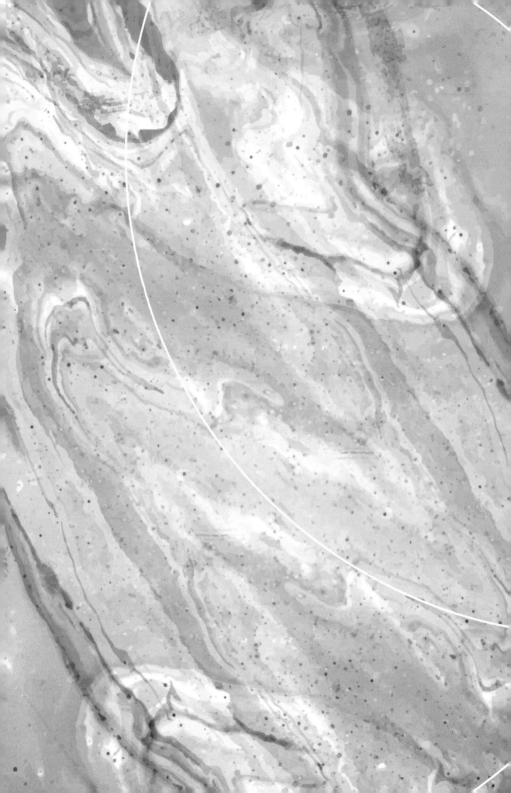

回合簡史與地球週期

chapter7

		1	2	7	13	
16513–16102 BC	鎖	1	2	7	13	人面獅身十字
16101–15688 BC	鑰匙	44	24	33	19	四方之路十字
15689–15278 BC	鑰匙	28	27	31	41	不預期十字
15277–14866 BC	鑰匙	50	3	56	60	律法十字
14865–14454 BC	鑰匙	32	42	62	61	幻象十字
14453–14042 BC	鑰匙	57	51	53	54	滲透十字
14041–13630 BC	鑰匙	48	21	39	38	張力十字
13629–13218 BC	鑰匙	18	17	52	58	服務十字
13217–12806 BC	鎖	46	25	15	10	愛的容器十字
12805–12394 BC	鑰匙	6	36	12	11	伊甸十字
12393–11982 BC	鑰匙	47	22	45	26	統治十字
11981–11570 BC	鑰匙	64	63	35	5	意識十字
11569–11158 BC	鑰匙	40	37	16	9	計畫十字
11157–10746 BC	鑰匙	59	55	20	34	沉睡的鳳凰十字
10745–10334 BC	鑰匙	29	30	8	14	蔓延十字
10333–9922 BC	鑰匙	4	49	23	43	解釋十字
9921–9510 BC	鎖	7	13	2	1	人面獅身十字
9509–9098 BC	鑰匙	33	19	24	44	四方之路十字
9097–8686 BC	鑰匙	31	41	27	28	不預期十字
8685–8274 BC	鑰匙	56	60	3	50	律法十字
8273–7862 BC	鑰匙	62	61	42	32	幻象十字
7861–7450 BC	鑰匙	53	54	51	57	滲透十字
7449–7038 BC	鑰匙	39	38	21	48	張力十字
7037–6626 BC	鑰匙	52	58	17	18	服務十字
6625–6214 BC	鎖	15	10	25	46	愛的容器十字
6213–5802 BC	鑰匙	12	11	36	6	伊甸十字
5801–5390 BC	鑰匙	45	26	22	47	統治十字
5389–4978 BC	鑰匙	35	5	63	64	意識十字
4977–4566 BC	鑰匙	16	9	37	40	計畫十字
4565–4154 BC	鑰匙	20	34	55	59	沉睡的鳳凰十字
4153–3741 BC	鑰匙	8	14	30	29	蔓延十字
3741–3330 BC	鑰匙	23	43	49	4	解釋十字
3329–2928 BC	鎖	2	1	13	7	人面獅身十字
2927–2506 BC	鑰匙	24	44	19	33	四方之路十字
2505–2094 BC	鑰匙	27	28	41	31	不預期十字
2093–1682 BC	鑰匙	3	50	60	56	律法十字
1681–1270 BC	鑰匙	42	32	61	62	幻象十字
1269–858 BC	鑰匙	51	57	54	53	滲透十字
857–446 BC	鑰匙	21	48	38	39	張力十字
445–34 BC	鑰匙	17	18	58	52	服務十字
33 BC–378 AD	鎖	25	46	10	15	愛的容器十字
379–790 AD	鑰匙	36	6	11	12	伊甸十字
791–1202 AD	鑰匙	22	47	26	45	統治十字
1203–1614 AD	鑰匙	63	64	5	35	意識十字
1615–2026 AD	鑰匙	37	40	9	16	計畫十字
2027–2438 AD	鑰匙	55	59	34	20	沉睡的鳳凰十字
2439–2850 AD	鑰匙	30	29	14	8	蔓延十字
2851–3262 AD	鑰匙	49	4	43	23	解釋十字
3263–3674 AD	鎖	13	7	1	2	人面獅身十字

拉・烏盧・胡的人類大預言

46	25	15	10	愛的容器十字
6	36	12	11	伊甸十字
47	22	45	26	統治十字
64	63	35	5	意識十字
40	37	16	9	計畫十字
59	55	20	34	沉睡的鳳凰十字
29	30	8	14	蔓延十字
4	49	23	43	解釋十字
7	13	2	1	人面獅身十字
33	19	24	44	四方之路十字
31	41	27	28	不預期十字
56	60	3	50	律法十字
62	61	42	32	幻象十字
53	54	51	57	滲透十字
39	38	21	48	張力十字
52	58	17	18	服務十字
15	10	25	46	愛的容器十字
12	11	36	6	伊甸十字
45	26	22	47	統治十字
35	5	63	64	意識十字
16	9	37	40	計畫十字
20	34	55	59	沉睡的鳳凰十字
8	14	30	29	蔓延十字
23	43	49	4	解釋十字
2	1	13	7	人面獅身十字
24	44	19	33	四方之路十字
27	28	41	31	不預期十字
3	50	60	56	律法十字
42	32	61	62	幻象十字
51	57	54	53	滲透十字
21	48	38	39	張力十字
17	18	58	52	服務十字
25	46	10	15	愛的容器十字
36	6	11	12	伊甸十字
22	47	26	45	統治十字
63	64	5	35	意識十字
37	40	9	16	計畫十字
55	59	34	20	沉睡的鳳凰十字
30	29	14	8	蔓延十字
49	4	43	23	解釋十字
13	7	1	2	人面獅身十字
19	33	44	24	四方之路十字
41	31	28	27	不預期十字
60	56	50	3	律法十字
61	62	32	42	幻象十字
54	53	57	51	滲透十字
38	39	48	21	張力十字
58	52	18	17	服務十字
10	15	46	25	愛的容器十字

回合

紀元階段

這門知識的機制非常特別。它讓我們得以藉由不同的方式來觀察。但這並不是算命工具。它比較像是能引導你的邏輯知識。我們身陷於一個龐大的機制程序，而且對此無能為力。從上個章節開始，我們漸漸了解朝向合一的演化動向。

有許多東西，譬如龐大整體的合一意識，是我們無法理解的，但我們可以欣賞這個程式運作了幾十億年的方法。對於有限的時間空間，我們必須全然接受。人類這個物種正處於存在的加冕點上，但很不幸，這也是深淵旁的斷崖。2027年開始，對我們來說就只有「墜落」而已。程式正在碾壓我們。接下來的 1300 年，對於可以再轉世為人的人來說，是實現我們之所以為人的潛能的最後機會。我們所要探察的，是程式那影響深遠的卓越力量。它並不抽象。我們面對的是程式的邏輯與其力量的活動。

很多人會假設程式就在某處，但如果你看著圖，就會發現接受能力這樣的天生特質。我們擁有所需的接收器。在出生時，有些細節被打印在我們身上，但我們仍得有接收器，否則就無法加入生命的進程。我們擁有應對程式的受體，來接收最深邃的編碼程序。我們每個人內在都帶著這些東西。

觀察愛的中心時，我們必須知道這是磁單極的所在，並將我們從各自分離的幻象中聯繫在一起。這是程式的終極工具，這個宏偉的神祕創造了生命，但它並未被科學認可與建立。磁單極藏有「量子與其相對境界確實是共同運作」的解

答。它不只將我們相繫，也在幾何軌跡之中帶領我們前進。它是地球上諸多生命元素的協調器，也是人們可以想像得到的最難以置信的舞蹈。

磁單極確保不會有兩個物體同時棲身於同一個地方。它的領域是愛的中心，其核心意義是**身分／認同**。

我們人類常將欲望中心理解為身分，讓那個**我**、那個**我是**來發言。

但愛的中心的身分其實更勝於此。它是有著更高法則的調節器。是愛的中心掌握一切跟我們有關的事物。這個能量中心裡的閘門充滿神奇與美好。它的主題是凝聚一切。你看著的，是一張蜘蛛網，將整體聯繫在一起。正是它將**我們**鎖定於程式。

二分點的歲差

人類設計最為重要的觀察面向，那就是太陽與地球，它們呈現出我們 70% 的編程。在曼陀羅輪裡，它們以 88 度構成十字。

這個十字與更大的程式十字的相異點在於：後者與二分點的歲差有關、而不是太陽，且呈固定的 90 度。人類是突變、是生命，所以我們的十字是 88 度。外頭的那個程式則不是。它的幅條固定在 90 度。

拉・烏盧・胡的人類大預言

文明的回合——鎖與鑰

在 19776 年的回合中，有 48 個地球週期。我們目前活在**文明的回合**，這回合始於西元前 16101 年，將在西元 3675 年結束。每一回合有 6 個紀元階段，在裡頭有著不同的週期。我們生活的當前紀元始於西元 379 年，並將在進入尾聲時終結地球上的一切生命。

地球週期以稱為鎖與鑰的系統（**lock and key system**）運作。輪中每進行 8 次回歸運動，鎖就會改變。如果研究例圖，你會發現鎖與鑰匙總是有著特別的關係。目前這個紀元的鎖是下面這幾個閘門：

10 本質

1　範例

46 聖殿

7　領袖

15 模式

2　計畫

25　道路

13　見證

寫書的這個時間點❶，紀元位於 37 閘門（**鑰匙**），並與閘門 25（**鎖**）有著特別的關係。那就表示我們的時代**道路**（閘門 25）被閘門 37 賦予特性。

也就是說，如果你的設計圖裡有閘門 25，就會和某個擁有閘門 37 的人相連。

在 2027 年，會變成閘門 55 的道路。這基本上是內圈與外圈這兩個曼陀羅輪以反方向而運轉所致。

閘門 10 代表**本質**或我們的行為。現在與閘門 10 相應的是代表聚焦及專注的閘門 9。包括工業時代、學校體制和政府組織，全都是這組鎖與鑰匙的產物。

這個週期始於 1615 年，也將在 2027 年結束。

---

❶本書原文初版是 2012 年發行。

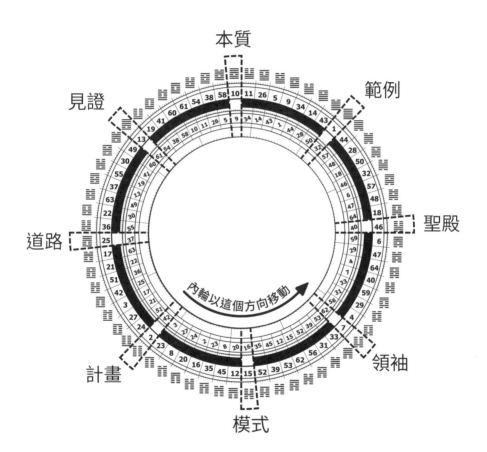

所以，當你看著愛的中心，你看的也是鎖。是這個鎖將我們鎖定在程式裡。是這個鎖將萬物維繫在這部演化的電影裡。它內建於我們之中。一把把**鑰匙**輪流與這些鎖配對。它們呈現了這個進化程序的週期。如果你看著道路的鎖，你也能握有一把對應任何週期的**鑰匙**。

　　現在是計畫十字的時期。我們握有閘門 37，並將在 2027 年轉變為 55 號**鑰匙**。這組特別的**鎖**與**鑰匙**已經存在許久。有好幾百年之久。道路被家庭主導著。但其實不只有**單一道路**。道路有很多條。它們以一種進化模式呈現，是因為曼陀輪的運轉就是如此。如果你觀察某一紀元時期的閘門卦象的下層配置，就以從閘門 10 到 19 這個區塊為例好了，你會發現它們都一樣❶。這是所謂的共同主題。在這個紀元裡，它們都帶著相同的化學性。那是本質這個主題的次要發展。你在這裡所看見的，是演化的運作方式。這是你我都有幸能擁有的絕倫美妙視角。

　　幾百年來，我們的**道路**就是家庭導向的**道路**。我們從中得到了什麼呢？我們的一切制度、社群、城邦、國度，以及對彼此的關心。凡事都是協議與契約。這完全取決於公民對國家的所有權、國家對公民的所有權，公民對牧師的責任以及牧師欠公民的權利。這就是集體迴路，畢竟，閘門 37 就隸屬這個迴路。

　　在另一邊，你可以看到對應閘門 46 聖殿的**鑰匙**是閘門

40。關於**聖殿**有趣的部分在於近 400 年來對於靈性的否認；挑戰靈性的科學思維問世，也是這個週期的一部分。

我的設計裡，閘門 25 有啟動。我是個**上鎖**的人，但我沒有 37 閘門。當我遇到擁有 37 的人，這段關係就會非常重要。這把**鑰匙**會插入這個**鎖**，這個進程在曼陀輪旋轉的此時，在這個演化點上，因應程式的要求而出現。

---

❶以上這幾個閘門的底部都是「兌爲澤」結構。

沉睡的鳳凰週期

　　地毯正緩慢但確實地從我們人類這個物種的腳下抽出。這不像某種龐大天災降臨。這比較像是玩笑，而且它並非來自外部。它是內建的。如果可以用我的黑色幽默來描述，我們有點變得無用。從大概 1960 年起，我們擁有無與倫比的豐饒繁殖力，但那不過是程式，而且將在 2027 年結束全程。電力逐漸耗光。各方各面都會呈現繁殖力的匱乏。我們正邁入一個無比黑暗的時期。

　　要觀察一個週期的方向，通常要從三叉戟開始。要理解一個週期的常規運轉，就從 2 號閘門**計畫**開始。這是磁單極所在之處，而且有三種變異的發揮方式。分別是閘門 7、閘門 1 和閘門 13。這就是三叉戟，三叉式的矛。**計畫**是一種九度空間的路線圖。打從十七世紀起，我們的**計畫**是 42 閘門。

　　當我們研究人類的終結與銳的到來時，你會發現，我們的確擁有正確的閘門。它和完結事物有關。這是一個「終結

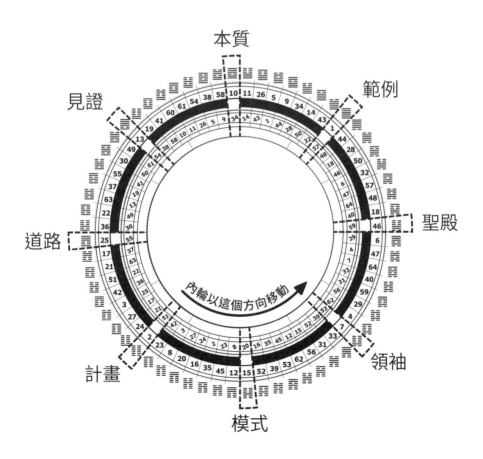

本質

範例

見證

聖殿

道路

內輪以這個方向移動

領袖

計畫

模式

閘門（end-Gate）」而非「起始閘門（beginning-Gate）」。這個**計畫**表明了我們就將發展成熟，並完結我們的週期。接著到來的閘門 51 和帶來衝擊有關。如果你告訴人們，2027 年一到，世界就將分崩離析，他們不可能相信你。但這門知識的意義就在於為即將到來的做一些準備。

這個**計畫**將會擊碎人類的虛榮自大。以這種形式來結束這個週期，還真是不錯。

一切將在 2027 年發生改變。我們將不再擁有**支援**。從 2027 年開始，程式的興趣不會在人類身上。它並未帶著特別要給人類的任何東西。它將完全投身於即將到來的銳。這是一種改善，畢竟，進化本是如此。我們的世界在未來幾百年裡會是碎裂的。回想一下羅馬帝國的隕落吧。看看從西元 400 年到 800 年這段期間，變遷的歐洲那複雜的社會是如何解散與分裂。想想如何失去又怎麼獲得。瞧瞧萬物是如何改變的。我們將拋下「我將好好看顧你」這甜美的集體主題。

這是**計畫十字**，是**計畫的週期**。是我們這個物種所曾擁有的最棒週期。對我們人類來說，歷史上從未有過比這還要偉大的時刻。

當我們跨過 2027 年這條終點線，所有的主題都不再有任何力量。我們創建所有的生活制度，我們學會在老鼠的迷宮裡共同生活，在稠密的人口過剩環境中不互相屠殺。這是因

為至少卡車每天都會載來食物。日復一日皆然。

你有想過要讓紐約市有早餐可吃需要什麼嗎？你知道**計畫週期**為我們做了哪些事情嗎？人類在最基本的程度上，到底有多無能呢？當電力消失時，他們的生存機率，是 0 嗎？當這樣的時代來臨，不再有人會出於本性支持你該怎麼辦？

進化就像一氧化碳。就像個偷偷摸摸的小人，然後——轟一聲！什麼都沒了！雖然，這並不會一夜消失。被**計畫十字**制約的所有人，都將抗拒這樣的改變。他們仍想堅持聯合國、政府與工會。

想像一下倘若墨西哥市沒有早餐可吃。當支援機制壞了時，人們會採取什麼行動？當沒有警力、沒有學校時又會如何？你以為因為現在存在，所以所有事物會繼續存在嗎？這一切都是因應我們而生。但銳不需要這些。他們不需要制度。400 年前，我們為了自己創建了這一切。如果網路在未來 100 年裡還能存在，那我們就夠幸運了。

我喜歡程式曼陀羅輪轉動的方式。人類的終結與銳的起始會帶來指引。這全被寫在地圖裡。新的開始與眾不同。即將臨來的**沉睡鳳凰週期**會進行篩選。你將見證人類繁殖力的基礎結構崩解，銳將會出現。這會是一段不穩定的時期，因為我們不再受保護。現今大部分的孩子是抱著計畫幻象這張安心毯長大，他們眼前有著各式各樣的工作與有條理系統的

世界。這是我們已經習慣的世界樣貌。這就好像是癮頭很大的老菸槍。天啊，接著我們竟然得馬上戒菸！沒有人能處理那樣的事。這種改變太巨大了。帷幕並非在2027年才會拉下。我們已經在舞台上，朝著改變匍匐前進。

未來的一切都是為了銳。城市的毀滅並不會困擾他們。他們不「看」。這一切對他們來說根本不重要。他們會有自己的世界，為了意識伍群這碼子事而忙。但人類沒有這種優勢。

我們的世界與活動，都是細節、事實與一切的邏輯所驅動。這是我們的行動方式，在這樣的意義上，就算某些事實是謊言，我們還是照樣遵循。集體的事實與細節，成了實行計畫的領導力。你無法想像即將到來並取代62閘門的閘門53會是多麼不同。53閘門不帶細節或事實。它想做的只是開始一些事。所以只會有一個開端，還不會有什麼事實。就只是從終點來到一個新的開始。

對我們人類來說，這表示要成為倖存者，要能從衝擊中存活下來。

要成為活出靈魂的獨特成就的生還者。我並不懼怕我們的孩子。我害怕的只是會有太多人就這麼迷失在這龐大的轉變之中，蒙受不必要的生命之苦；而不去活出生命的美好與優雅、活出生命的獨特，活出不一樣的真實。

身而為人不再是特權，優雅退場反而是我們這個物種的義務。這正是這門知識的用途，特別是從現在開始的一、兩百年內，當這個週期的深度開始發揮作用時，計畫的殘跡將會永遠消失。

這個層次上，結束並不神祕。人類或許在它到來之前就已察覺其動向。銳則是一定會知道。銳必須與天堂的幾何軌跡共譜宏偉之舞。萬物會互相碰撞。這是必然的走向。我們被星體圍繞著，以不可思議的速度飛馳、互撞，然後改變軌道。我們以大量的專用智能與電腦，試著盡可能標註出更多的小行星所在，因為我們知道它們其中的某一顆很可能成為行星殺手。這不會是上帝與祂的人馬從天堂降臨來跟惡魔打聖戰。從 2851 年到 3262 年的**解釋十字**（Cross of Explanation）這段終結前的時間，或將是銳的潛能唯一能被確實見證的時期。屆時將有足夠的意識銳伍群，讓他們可以開始形成最低限度的原始社群來掌控環境，並藉此發展他們的認知力。這能讓他們建構某種我們理解不了的幻象（Maya）。

在伍群的生活裡，我們將成為次要的存在，就像螞蟻之於我們一樣。除非螞蟻在一年中的錯誤時節出現在廚房，否則我們根本不會理牠們。你不會想以人類之姿，在錯誤的時間闖進「銳廚房」吧。那可是他們的時代。我們無法擁有銳的感官配置。我們與他們的世界格格不入。他們就是像活在另一個星球。就算我們像伍群那樣湊在一起，也不可能取得同樣的優勢。我們沒辦法與之競爭。

你的兒孫將伴隨這樣的印記生活。他們不會像我們那樣自大與傲慢。我們曾是自身時代的寵兒，但他們會被安置在他們的位置上。想想恐龍被程式所擁抱著的那三億年❶吧。牠們統治著我們所未知的世界。世界一直在變化。我們不會活在程式所設計的新世界。我們不會活在銳的世界，但這並不表示我們的世界就會消失。這只是意味銳的世界沒有我們容身之處。現在是人類的時代，但時間所剩無幾。多數人的水晶將不再轉世為人。降生在這世界的人口會越來越少。曼陀羅輪轉動著，而且是以對抗我們的方式在運轉。它有更大條的魚要料理。事實就是這樣。不論你生活在什麼時代，要做的就只是優雅地向形體鞠躬，臣服於它的智慧，讓它活出相應的生命罷了。

---

❶ 一般說法是，恐龍最早出現在二億三千萬年前的三疊紀，並在六千六百萬年前的白堊紀滅絕，應該只存在於地球上一億六千萬年左右。但恐龍的確受到眷顧，因為有些恐龍的壽命長達三百歲。

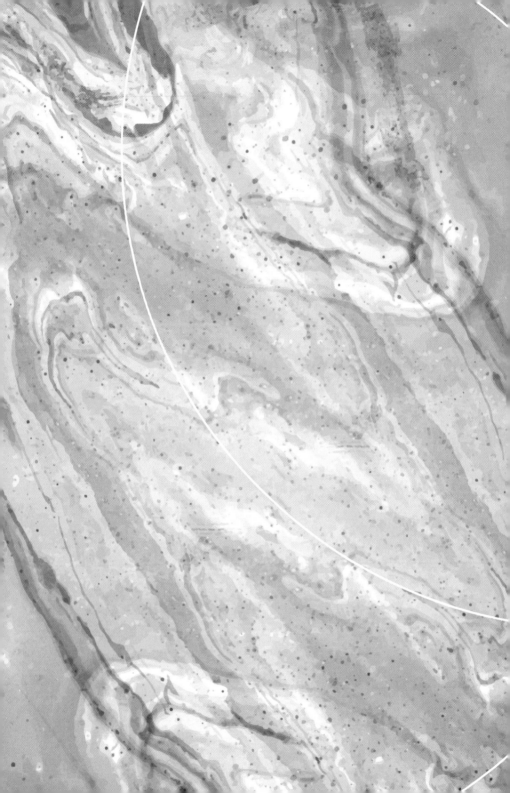

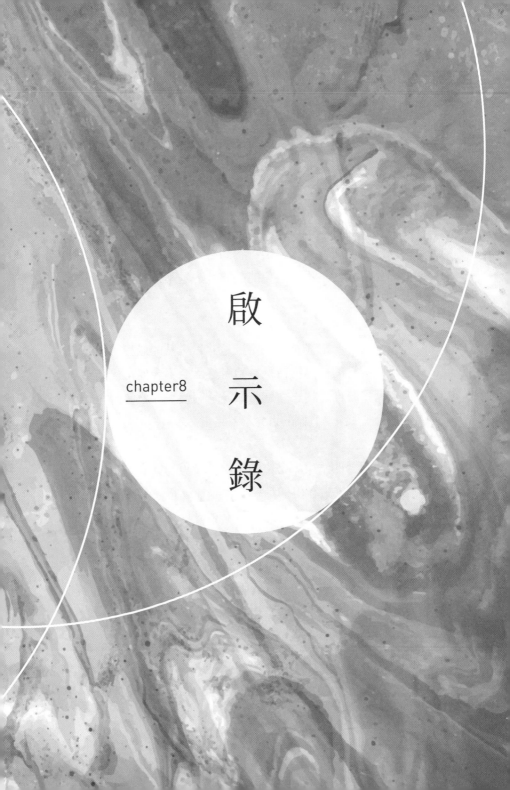

啟
示
録

chapter8

啟示錄（apocalypse）這個字眼並未被好好理解。有些人認為這是世界末日，但古希臘語的意思則是**揭幕**，這也是聖約翰《啟示錄》的來由❶。事實上，啟示錄是傳訊者針對一個時代完結的討論。但到來的並非終焉，而是宇宙曼陀羅輪那更為龐大的進程運轉。這和意識水晶有關，重點總是意識水晶。水晶們經歷過創造與毀滅，在宇宙自身漫長的進化歷史的方方面面，體現了形體的多元性。在擁有讓人類這種形體得以運作的所需元素之前，我們必須經歷群星好幾世代的生生死死。死亡是不可避免的超驗性，是不停轉動的宇宙之輪。

　　末日並非神的懲罰。那不過是非常自然的過程。沒有什麼是永恆不朽的。萬物皆是有始有終。這不會停止。結束即將到來，我們也正朝它邁進。你得是個傻子，才會明知萬事皆有終結，卻深信我們的世界不會完蛋。

　　這一回合的結束，帶來的是堂皇等級的突變。淘汰將會發生。是說，去劣存優的篩選其實總在進行著。**賞善罰惡**是其主題，只是並非字面的意義。水晶皆具有質地。這些質地可透過陰陽的四種組成原則來理解。未來的重點是深奧的整合力。萬物都有完成各自目標的適當時機。這無關邪惡。未來不再需要太陽結構（上下皆陽爻）的水晶，它們在這回合結束時將被毀滅。

　　這些水晶已經存在一千四百億年。沒有人能夠想像它們

在如此廣闊的宇宙裡移動的這些年裡，到底歷經過什麼。

海王星進入我們的太陽系，是聲音跟 Ra 說過的奇妙故事之一。我們的太陽系有個異常現象從未被科學完全解釋清楚。故事發生於天王星的衛星群裡，在一個極度熾熱的瞬間，有三塊碎片融合在一起、形成一顆衛星。

天王星因為強烈的撞擊，導致磁極轉移到它的赤道。這個撞擊使得天王星完全逆向自轉，而它的磁場也賦予天王星龐大的電磁鞭，讓它現正沿著我們的太陽系抖動著。在大概 27 億年前，有某顆行星撞進太陽系。進來的正是海王星，它原本位在組成四角的天樞星這顆離我們 123 光年之遠的星星附近。

海王星進入太陽系時便進行了初期的淘汰，因為意識水晶就在上頭。這就是意識水晶抵達我們的太陽系的緣由。被汰除的水晶因為引力的牽引進入太陽的軌道，再被拉入太陽的中央熔爐。此時，太陽就被植入意識。按照聲音的說法，在這一個地球回合結束時，所有的太陽結構水晶也會去到那兒。這不會是立即的湮滅。淘汰的衝擊是訊息的緩慢釋放。

---

❶〈啓示錄〉是《新約聖經》收錄的最後一個作品，由拔摩島的約翰所著，內容紀載的是末日預言、最終審判與耶穌的再來。

駱駝與狗一直是那些以前被淘汰的水晶的過濾器。犧牲是成長的一部分。緩緩地，一回合接著一回合，水晶會在這座特別的熔爐中崩逝。

　　下一批的意識水晶束就不再會有太陽結構的水晶。少了它們的深刻穿透力，一切都不一樣了。關於審判日那些該死、該受懲罰的惡人，下地獄受業火灼身之類的神話，全都像是有點走樣的 B 級恐怖片，而非真正會發生的事情。

　　真正會發生的，就只是地球將被一顆天體撞上。這正是宇宙運作之道。宇宙就是東西在互相撞擊。事物乃依循此法而生。根據近期的計算，太空中有七千到二萬五千顆具有行星殺手尺寸的星體，有可能依據它們各自的交互作用影響而撞擊地球。當你研究介於火星和木星之間的小行星帶時，必須注意到這些天體持續在互撞，並因而改變它們的幾何軌跡。每天都有幾千噸的碎片從空中擊中地球。它們就在外頭，等著大規模運動的時間到來。如果你端詳那些沒有大氣層的行星或月亮，你就能看見一大堆坑坑疤疤。

　　你還記得舒梅克—李維彗星❶撞上木星那件事嗎？那樣的撞擊可以直接摧毀地球。如果人類夠幸運，可以在彗星撞地球的四十到七十小時之前發出警告。這不代表人們可以做出預測。

　　它會發生，而且就是這樣。那不一定是老先知想看見的。

被先知們誤判的最終戰役，是銳與人類需要在邁向終點的道路上相互往來 1000 年。那可不是上帝大軍對上撒旦兵馬的大戰戰場。

　　所有的意識水晶，不論它們有否轉世投胎過，除了太陽結構水晶外，都會繼續前進。這些靈魂全都會保存下來。為了別的日子、別的形體，為了另一趟旅程。終結之時不會有什麼偉大的答案。這個世界，不會以美好輝煌的行動迎向終點。大多只會感到恐懼。幹得好，繼續。接著該什麼就是什麼。太陽結構水晶將會滅絕。地球上的一切生命也會死去。根植於基因密碼的所有東西都將被摧毀。無處可逃。無一倖免。在這之後就是張全白的紙。

　　意識水晶將會集結成束，它們總是如此。這個行星事件的衝擊將會創造出集結成束的原動力。這將在設計水晶束周圍發生。

　　之前描述到我們在生物層次上的死亡過程與時刻時，

---

❶ 舒梅克－李維彗星（Shoemaker-Levy）在 1994 年 7 月 16 至 22 日因為木星引力碎裂成 21 塊碎片並陸續撞上木星。這是人類史上第一次直接觀測到太陽系的天體撞擊事件。此外，這次撞擊所釋放能量遠大於人類擁有的核子武器加總的威力，也在木星大氣上留下幾個比地球大上幾倍的撞痕。

我們討論過磁單極和設計水晶如何在肉身死亡時一起離開軀體。至於地球上的生命的死亡，指的是設計水晶完全離開地球時。地球被某個星體擊中時情況會有點瘋狂。星體有著數不盡的磁單極。它們會「呼叫」所有的水晶並將它們拖進束裡。

接著，這捆水晶束在停留於地球好長一段時間後，將再次移動。如果你可以想像，你可以把它看做是顆精子。就像帶著一條尾巴的點。那條尾巴就是所有的太陽結構水晶。它們並非核心部分，不在中心結構裡。水晶束會朝太陽而去。它會繞著太陽旋轉，拖著所有的太陽結構水晶，把它們帶到終點站。然後，它會繼續它的旅行。這捆水晶束會依據它們被安排好的階層來挑選攜帶的個性水晶。這全都和分形有關。若能親眼看到設計核心的所有水晶被重新規劃，肯定相當驚人。除了太陽結構水晶之外，其他水晶會按照分形，也就是最初的互連方式進行編排。

Ra 一直都知道誰屬於太陽結構。這不是他思考所得，而是自然發生的。聲音曾告訴他要如何看見差異，但 Ra 從未跟別人提及，畢竟他不知道這樣做有什麼價值。太陽也是陽爻搭陽爻的結構，它也同樣會死去。

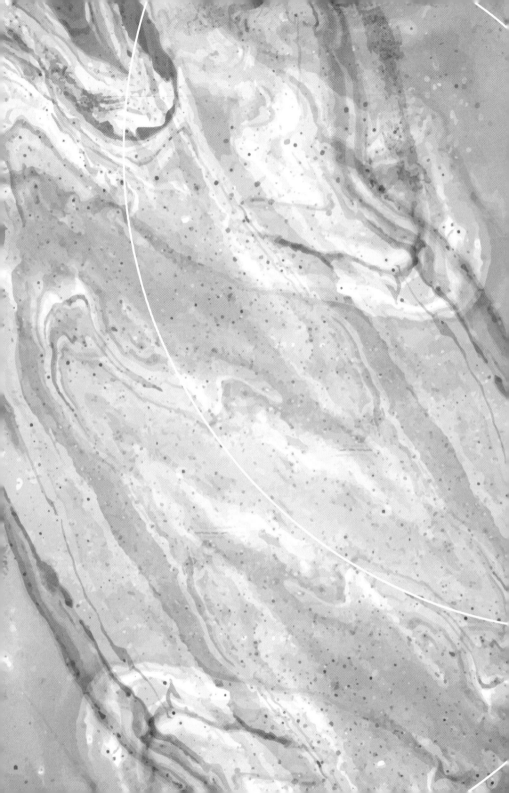

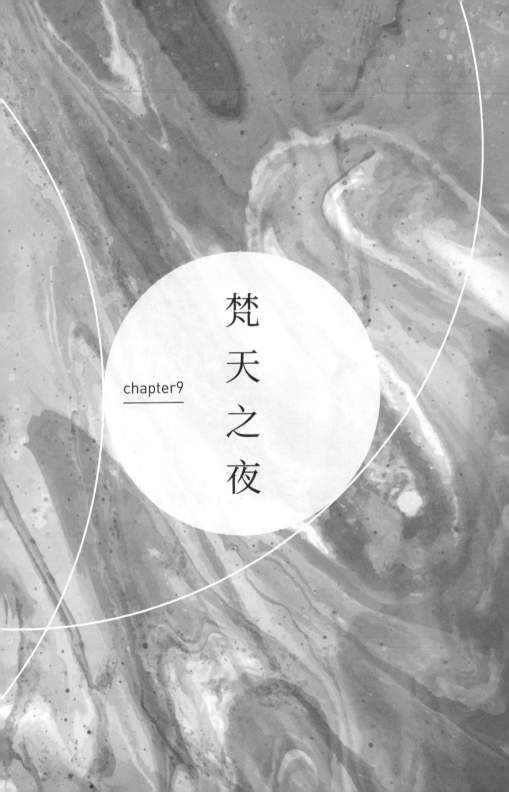

chapter9

梵天之夜

梵天之夜是重返空無，回到虛無。某種意義上，甚至是超越虛無的。我們對此並不熟悉。這具有可怕而恐懼的風味。每個孩子在沉思自身的死亡時都會感受到這種空無。每個小孩都會在某個時刻進行這種探索，也終會走到因為理解不了虛無而覺得奇怪的境界。有些孩子會被嚇壞，有些則是因此而興奮激動。我不認為有誰可以真的領會到，在梵天之夜這樣的空無中，到底會發生什麼事。

　　我們離未來越近，就越能感受到自身的無力程度的高低有多少。某些事情會被揭曉，讓我們好奇箇中意義究竟是什麼。未來在現在不過是個故事。就只是故事而已。答案只能靠時間來證明。

　　極有可能會是一顆流星在這回合的尾聲終結地球上的生命。介於火星與木星間的小行星帶，宛若失敗的原行星❶的集散地。那兒的天體數量多得驚人，而且有好幾顆的尺寸相當巨大。有專門的科學家試著盡可能地追蹤這些小行星，但這是個沒有希望的任務。問題在於這些小行星不斷地互相撞擊並因此改變軌道。因此，要追蹤可能成為行星殺手的天體，其實非常困難。那就好像一張巨大的撞球檯上有著數不盡的球。你幾乎無法做出預測。

　　這個小行星帶中，有個區域十分接近我們。

　　它被稱為近地球小行星群（NEAs, near-Earth asteroids），這些星體的軌道與地球軌道相交。因為它們的尺寸十分接近我們的太陽系大小，我們所能發出警告的實際時間真的相當

短。有許多人試著對太空中的所有天體進行編目以便進行追蹤。我們一直都知道這對我們相當重要。就拿恐龍來說吧。牠們是地球這個巨大的爬蟲類異世界的主宰。其他一切生物型態都得倉皇藏進暗處來躲避牠們。接著，突然間一顆極為帶勁的隕石從天而降並引發了核冬天❷，太陽被封住好幾年，因而恐龍這些冷血爬蟲類就死光了。就像這樣。就是這部電影，而劇情並不新鮮。這就是故事的進展，這就是突變的運作方式。你可曾看過銀河星系互相撞擊的精采照片？難以置信對吧！這是個龐大的突變程式。從我們的觀點來看，那好像頗為粗暴，但看看你身體裡的 T 細胞❸，不也是攻擊並侵入微生物，再將之生吞活剝嗎？外太空有顆標示了我們的號碼的隕石在等待著。它就坐落在那些區域之中。

關鍵從來就不是**假如**。而是**何時**，根據聲音的說法，關於何時發生有個時間框架。但我們從未沒被告知精確的年月

---

❶原行星（protoplanet）是還未成爲眞正的行星之前的「胚胎行星」，會透過在運行軌道上的擾動，導致撞擊或碰撞來成爲行星。太陽系內較知名的原行星包括穀神星、智神星和灶神星。）

❷核冬天（nuclear winter）是關於氣候變化的理論，最早出現在 1980 年代的科學雜誌，認爲核爆後產生的大量濃煙與煤塵將會進入大氣層，並導致非常寒冷的天氣。但這樣的理論在 2006 年的研究中被認爲原始的理論模型有誤。

❸T 細胞（T cell）屬於淋巴細胞，功能種類多元，在免疫系統裡扮演重要角色。

日。當隕石接近大氣層時，若能親眼目睹其熾熱、光芒與聲響，我猜那會相當奇妙。能見證萬物的脆弱與生命的易損真的頗有趣啊。這是突變的一大步。

行星的撞擊將會驅逐設計水晶束，如同字面一般，將它扔出地球、扔到大氣層之外。人類的死亡是：設計水晶和磁單極匯合後一起離開人體，而行星的死亡模式也如出一轍。

當設計水晶束離開所在環境，對於生命的所有支援都將喪失。這樣的解雇並非自願。畢竟少了保護不可能感覺舒服。這就是設計水晶束棲居於地球的地幔深處的原因。所以，在它離開地球時的情況會是：設計水晶束的磁單極把所有的個性水晶束吸引過來，讓這些個性水晶將它籠罩起來。籠罩的發生並非隨機的。磁單極會在特定時間召喚特定的水晶及水晶束。

離設計水晶束表面最接近的水晶，會是太陰結構的水晶，而在外殼上的最後一束水晶則是太陽結構的。那就像某種進行中的舞碼。

意識場會移動。宇宙意識的潛在核心是活動的。在過去的 140 億年裡，我們所攜帶的每一顆水晶都已經旅行了好長好長的距離。光是用想的就覺得太了不起了。整個宇宙的歷史就在每個人的體內。它們是一切的見證者。名叫地球的這顆美麗星體只是路途上的一個休息站，是用來休憩放鬆與發

展自我觀照意識的好地方。但地球是個暫時住所。有個截然不同的形體將會到來。當我們走到這一回合的終點，我們的實驗也就無法再有進展。

當意識銳伍群發展的時間一到，我們也抵達了生物型態明顯的極限。無論你變得多老練世故，生物型態仍有其問題。它的限制極深。因為有太多工作要進行、有太多部分得運作。它得被餵養又很脆弱，還需要一顆帶有適合生物發展潛能的特別行星。但它能帶給你的也就這麼多而已。有限的壽命一直是生物學的問題。地球上有太多的東西只存在一會兒。死亡就是生物學的核心要旨。生死不斷重複循環。就連摩擦一下手掌，你都會殺死幾百萬顆細胞。我們得要非常專心地觀察並維持生物型態的運作。這也是水晶束必須繼續前進的理由，因為地球並不是能因應未來的正確媒介。

即將到來的根本不是生物型態，至少不是我們窮盡一切想像所能理解的形體。如同我們所知，這是生命的終結。生物型態有趣的地方在於具有突變潛能。當你離開生物型態，就等於是拋下了突變的可能。這真的值得深思。生物型態有其不可思議之處。持續繁衍的突變在每個世代發生。如果回到二十五億年前、地球上的生命起源之時，你就會知道這花了多長的時間。四百萬年前，我們人類還沒什麼見識，也才剛學會怎麼直立行走。一萬年前，我們終於搞清楚動植物如何成長。七千年前，我們開始寫字。想想看要發展這些自我觀照意識的基底究竟花了多少時間。

程式說：「好的，我們已經花了二十五億年來做這件事。這相當有意思。沒錯，我們確實獲得了自我觀照意識。非常棒，但我們需要做得比這更好。要更加老練、更有成效才行。」所以，它用了一個非凡的東西來取代突變。那是某種永生不朽。是相對的不朽。不是生物型態，所以沒有死亡。不是生物型態，所以毋須繁衍。它非常不同，超乎地球末日之外，也超乎這一回合的結束。我們來自一個罕見的星球。它有著可供應生物型態需求的特殊環境，而我們要去的地方反而非常普通。可以說在離開生物型態後，我們會變成外星人。當我們抵達這本書所描繪的我們該去的地方時，就會像你所能想像的任何科幻故事一樣棒。

當設計水晶束離開地球，它會把地球上所有生命的設計水晶一併拉走。萬物會在一瞬間全數死亡。當這件事發生時？哇賽！來討論一波吧！真的難以置信。舉目皆是死亡。不計其數的魚在幾分鐘裡死去。這是生命力的滅亡。這是形體原則的死亡。這條水晶束移動時，便把地球上的所有生命撕裂，在那麼做時，它也將個性水晶層層堆放而創造出一把鞘，作為它在宇宙移動時的保護。

你必須要知道：一旦水晶離開地球，光就會被關掉。不再有「思考」與「觀看」。不會有硬體、不會有存在、沒有宇宙、沒有獨特的生活，也沒有獨特的才智。

什麼都沒有。這就是空無。但它並非真的一無所有。因

為設計水晶束與它的個性水晶鞘都確實在運動。一切都和活動有關。在設計水晶束的魔力以及它的個性水晶鞘離開地球後，它們會繼續一段彈弓般的旅程。

這些水晶將繞著太陽走，但它們不會回到起點。你有太陰，然後是少陽，接著是少陰，而在水晶束的外頭，則是太陽結構的個性水晶群。當它們繞著太陽轉並抵達定點時，外鞘的太陽結構水晶會被拉進太陽的核心，待在那兒直到太陽本身死亡時一同消逝。

結束繞行太陽的行程後，這些水晶會繼續前往木星的旅途。那並非它們的終點站，卻是得要前往的重要地點。我們已經討論過木星以及它的四個伽利略衛星❶的重要性，也就是它們與木星的電磁互動所攜帶的一切訊息，運作著地球上的編程機制。

---

❶伽利略衛星：木星的四顆大型衛星，是義大利天文學家伽利略在 1610 年 1 月 7 日首次發現，所以命名為伽利略衛星（Galilean moons）。

伽利略衛星木衛二

　　木衛二是顆卓越、絕美的木星衛星。它的表層之下是凍結的水。與木星相比，木衛二尺寸很小。因為木星的電磁連結以及重力影響，水晶束與外鞘抵達這兒後，會與木衛二保持平行。它將在這裡停留很長一段時間。水晶束將隨著木衛二而運轉，某程度上可以說，它在繞行木星的眾多週期裡，都會待在木衛二的陰影處。聲音有提到，它在這一回合結束後，將花上二億年來重組生命、重組意識場。換句話說，會將意識水晶放回到自我觀照的形體裡頭。

　　將近二億年的空無。但那不重要，這只是個笑話。並沒有誰會去關心或等待。直到某一刻，當程序進展到對的地方與時間，它就會突然出現。突如其來地，這些意識水晶帶著所有的可能性、搭載它們的本質軟體，就這麼得到了嶄新的硬體，並開始末期程序，而這得再多花上二億年。畢竟這個宇宙、這個孩子，是個巨大的實體。

　　水晶束邊跳著繞行木星的無盡之舞，邊接收殘餘的電磁場。在木星這個環境中，也能發現人類轉世程式中發生的一切。這段舞蹈將形塑出獨特的未來。因為梵天之夜的空無也是一種承諾。

　　它對於空無渾然未覺。是外太陽系在為未來做準備。我們現在還活在「表揚與送金表❶的時間」裡。

　　「十分謝謝你，但我們已經有新的機型了。再花個幾億年就能準備就緒。天啊，到時候一定酷斃了。」

　　我們正在建造一種不可思議的意識體，而這個程序相當浩大。請記住，如果未來（的物種）不是生物型態，那麼它

---

❶西方國家企業在資深員工退休時，有餽贈金表以茲感謝的習慣。在這裡藉指人類現正準備退休（被淘汰）。

們就不能指望藉由突變來彌補糟糕的工程。它必須設計得宜。形體原則必須正確產生，為此，就得花上數億年做準備。

我們正朝三重結構的水晶規格發展，那是搭載三顆水晶的載具，其中之一是來自哺乳類層面。在人類與哺乳類動物之間已發展出非凡的關係。雖然牠們在許多方面看起來比我們劣等，尤其是在自我觀照意識這部份，但牠們所學會的那與環境共處的能力，對於未來至關重要。我們不懂哺乳類進化的更深層目標是什麼，聲音也沒告訴我們，但其特殊性相當明顯。

聲音說，哺乳類的個性水晶和人類的個性水晶完全相同。其中的一個徵兆，預示了與哺乳類的關係的變化，那就是 2027 年之後 19-49 通道被打破這件事。我認為，在那之後，將會有龐大的業力懲罰降臨在那些殺生者身上。可能必須付出代價。

我們現正確實經歷的，是宇宙整體的大腦建造工程。這是令人驚嘆的事情。我們是整體的身體意識、是身體智力。這個宇宙是個成熟的載具，但尚未出現在它所屬的世界。這全都是創造單一、龐大的自我觀照意識的一部分。

在這回合的尾聲到來時，大部分的個性意識水晶將永遠不會離開梵天之夜。它們永遠不會再次轉世，因為投胎的席次有限。只有特定的個性水晶可以取得門票，它們也不會都是人類水晶。至於那些沒有票的水晶又會如何？對它們來說

沒啥差別。能夠明白自己在萬物的運作中所扮演的角色，是種恩典，光是得以見證，就已是美好。我們是帶有心智的生命，要應付頭腦真的是件苦差事，但如果能將心智銜接上這份美好，我想，真的很難蹣跚回頭，去繼續當個荒唐傻瓜了吧。

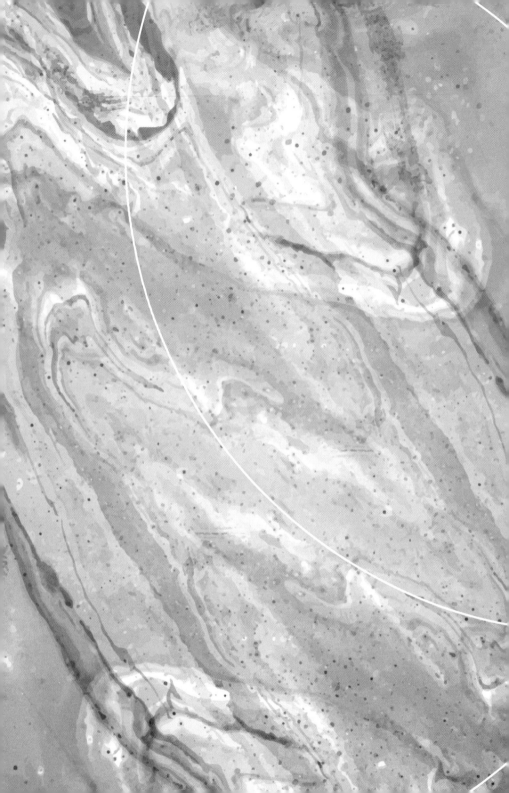

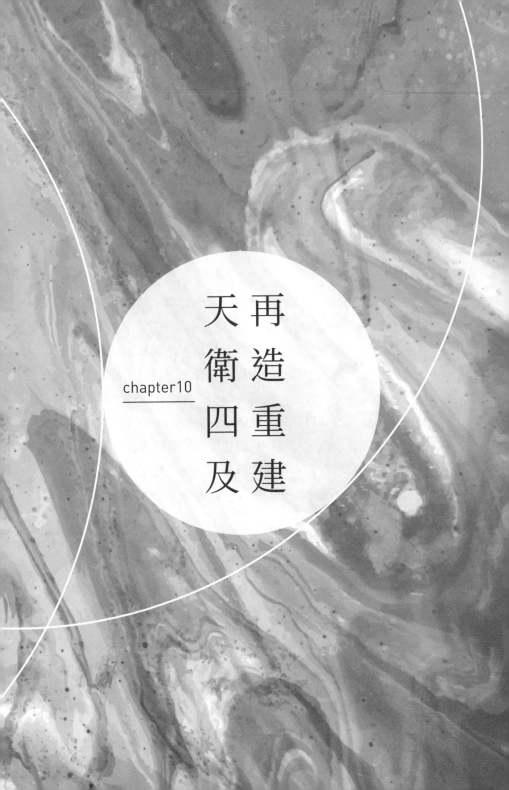

再造重建

天衛四及

chapter10

天衛四在太陽系裡極為與眾不同。天王星的所有衛星，都是以莎士比亞或亞歷山大 ‧ 波普 ❶的作品角色命名。天衛四（奧伯龍，Oberon）是莎翁戲劇作品《仲夏夜之夢》中的精靈王。就連天衛四上的諸多地方也都是以莎士比亞劇作的角色為名❷。這是我們太陽系中最沒規則的反常天體命名法。我們在前面有提到，歷經了這麼長的時間，這是水晶束初次呈現出截然不同的配置。事實上，某些分形隨著太陽結構水晶的剝除不復存在。

　　在未來的幾百萬年裡，水晶們會沿著與木衛二平行的軌道來繞著木星轉。而梵天之夜就是這段為了重建的預備時間。在這個過程裡所發生的事情，沒有任何人能夠掌握。此外，在一段長達一百五十億年的過程裡，梵天之夜的二億年不過是打個小盹而已。總之，重要的轉型正在發生。伽利略衛星們正是為此而推移著訊息。整個過程需要二十億年，但這些衛星不會走完全程。接著，我們也能開始看見太陽的死亡。在死去時，它會吞食木星的內行星與衛星。這也是訊息得花上二億年沿著木星的軌道來傳遞的原因。

　　分形線是一種階層結構。每當基礎元件進行了淘汰或轉換，分形就會被重新定義。在這樣的活動史當中，有個獨特而離奇的狀態。有一百四十億年之久，中心水晶總都是跟著水晶束的遷徙而動。

　　但它們將不再這樣前進。它們將被棄置並且煙消雲散。

「中心」不復存在。一種新的階層會被建立。在 140 億年的時間裡，永遠都有主要的中心分形線，因為中心並非在正中央，所以分形有長有短。水晶束正在重新排列，但我們不知道箇中奧妙。當你從梵天之夜醒來，將會上演一部嶄新的電影，但意識水晶無法停留在此。那是該啟程的時刻。像這樣的事件只會以暴力行為觸發。水晶束會因為某種碰撞，被送上它的最終旅程。它將前往天王星的主要衛星之一：天衛四。

關於天王星的衛星，前面的章節有提到，在海王星進入我們的太陽系時，它撞上了天王星。而天衛五❸這顆天王星衛星，看起來就像是拼貼在一起的補丁。事實上，它是我們太陽系裡最不尋常的其中一個天體，因為這顆衛星由三種不同

---

❶ 亞歷山大·波普（Alexander Pope）是 18 世紀英國最偉大的詩人。天衛一（Ariel）、天衛二（Umbriel）、天衛十四（Belinda）都是出自他 1712 年所寫的諷刺詩《奪髮記》（The Rape of the Lock）。

❷ 包括《羅密歐與茱麗葉》、《馬克白》、《奧賽羅》、《哈姆雷特》等莎劇中的角色名稱，都被拿來命名天衛四上的深谷與撞擊坑。

❸ 天衛五（Miranda）是天王星主要衛星中最小並位於最內側的衛星，在 1948 年被荷蘭天文學家古柏（Gerard Peter Kuiper）發現。

的部份構成。第一個部分看起來跟一般有隕坑的衛星沒兩樣，另一個部分則如海綿一般鬆軟，至於第三個部分，則是某種被淘挖而滿是鼻涕般黏液的斷層泥。這三個部分熔接在一起。要將這些岩石區塊熔在一起，必須要有熱到驚人的溫度，而這樣的事件就發生在 20 億年前。Ra 被告知說，天衛四和其他的天王星主要衛星都是伴隨海王星而來。它們，事實上曾是尺寸更大的海王星的組成部分。

天衛四酷寒無比。我們絕對無法承受這樣的地方。

本質上它和月球很相似。正因為天衛四長得太像我們的月球，所以它有著「月亮的雙胞胎」這個暱稱。它們具有近乎相同的物質、看起來很像，也有著同樣的表面特徵。意識水晶會以此為家達二十億年。與待在地球上的漫長時間相比，這個時期較短。那兒的環境如何其實並不怎麼重要，事實上，那是寒冷至極的地方。形體原則出現在天衛四上是必須的，但它將有所不同。我們對於「何謂生命？」的所有想法都將完結。老實說，我們無法認出玉龍這種新的「生命」形式。你不會知道怎麼辨別。你可以將之理解為一種意識的「科幻概念」，而非生命。玉龍和我們所了解的生命毫無關連。玉龍並不是生物體。或許可以說，玉龍是連線接通而非遺傳創生。整個生命的原則並不一樣。天衛四上的一切，其價值對於人類來說毫無意義。它看起來不是什麼友善的鄰居，也不會是個有任何建設的世界。這是個連表面都不會被碰觸的世界。

水晶束繞著天衛四運行時，個性水晶鞘將會脫落，在完全打開後，設計水晶束才會進入天衛四的核心。這和我們所理解的意識水晶在地球上的運作結構是一樣的。唯一的不同點在於被建構的形式，因為那並非生物體，所以將會極為長壽。這個形體不只能在接下來的二十億年裡存活，或許能存在好幾千億年甚至更久。

　　我們所討論的是一種不會再生的存在。我們對轉世輪迴的既有理解，將不復存在。

　　我們沒辦法用「生命」來稱呼這樣的存有。生與死是同一件事，是一體的。我們現在談及的是無生命的。它不是活生生的。只有特定百分比的個性水晶，能開創這趟旅程，並得以進入形體裡頭──這數量很少。其他的水晶永遠無法再次進入形體。它們將處於永久性的非存在過濾狀態，類似環繞著地球的那些水晶束。

　　這是為了完成特殊化狀態的長期程序。這些化身為玉龍的水晶都經過了高度的特化。它們在分形上執行這段「壯遊」。自始至終都是。它們在本質上是宇宙整體的設計水晶的基礎元件。事實上，這所有的水晶都是。它們是整體設計水晶的一切樣貌。設計水晶會在這裡鎖定程式，鎖定其載具程序。

　　在好幾萬億的水晶中，只有數百萬顆能夠化身入世。大

部分的都將無法轉世。但這不代表它們就不具價值。它們將意識場作為特殊的過濾媒介，也始終是不斷進行的程序中的一份子，只是無法真正成為程式的組成元件。它們註定不是玉龍的一部分。

那是個有趣的過渡動態。首先，水晶束離開地球，

接著拋下太陽結構的水晶，這個欠缺中心的長期更迭程序動態，最後將抵達天衛四。個性水晶鞘緩慢展開，然後設計水晶進入，並終於展開浩大的播種催化要事。

時間決定了我們身而為人的獨特性。譬如，我們的出生時間。因為在不同的時間地點降生，我們也分別與相異的力量進行不一樣的校準。但關於天衛四那不可思議的重建則發生在一瞬之間。一眨眼立即完成。生日只有一個。這才是所謂的同質化、一體化。這是我們難以想像的未來模樣。這些都是一個更偉大的元件中的成分。總體始終大於各部分的總和。我們攜帶的水晶，事實上是宇宙整體的身體智力。它們以光速傳送入宇宙的微中子海，而且永不停歇。整體充滿了它們的程序，等到它們在天衛四上重建時，就會成為究極的雙向道。這個整體，就是我們的身軀。而如果它是我們的身軀，就不僅僅是來移動**我們**而已。是我們要移動它。是我們在維持它。

會有一批被遴選出來的工作人員，在木星上組織成隊，

跟著木衛二一起旅行。那是篩選程序被安排的真正地方。接著，在好幾百萬年後才會建立完備。這是形而上的。到底會如何發生其實難以想像，但的確會在物理世界裡發生。

這是個真實的程序。只是進行得緩慢，就像冰川一樣。一點又一點，然後就水到渠成。當它們抵達天衛四，就全被安排進這齣舞碼、這場移動裡了。磁單極會將個性水晶釋放至天衛四的重力場裡。差不多就像它們之前將太陽結構水晶送入太陽那樣。正是磁單極與水晶束一起往核心前進的。

如果你研究人類所有的科幻故事與電影，它們都是人類精神的變形。它們從來就不真的令人感到陌生。因為創作者的想像基礎從來就不是真正的外星人。而當我想到玉龍時，我真的認為那才是異形。那才是像外星人般的外星人。Ra 曾說，儘管他被傳授了關於玉龍的設計（我們在最後一章可以簡略一探），但他對這個資訊真的無能為力。他說，那場奇遇是段不斷進行的長篇故事。他在第一天被告知了意識水晶的故事。故事從宇宙大爆炸開始，而當講到玉龍這部份時他早已筋疲力竭。但故事就是那樣沒完沒了地繼續講不停。

Ra 被賦予了轉譯玉龍機制的途徑，但這不代表他知道玉龍的可能樣貌。Ra 的確有看見他們的模樣，畢竟那段奇遇是非常視覺化的。玉龍並不是機器人。在深邃的層次上，他們擁有意識，但他們不會明白自己從何而來。他們全都同時出生，而且擁有新鮮的起始。Ra 曾說他總是喜愛好故事，而聲

音是他所遇過最會說故事的傢伙，所以他樂在其中。

他就那樣被這個故事的美好淹沒了。

這是一段奇蹟之舞。不管我們每個人曾貢獻過什麼，都永遠不會消失。我們無時無刻往四處散播能量流。沒有什麼會丟失。

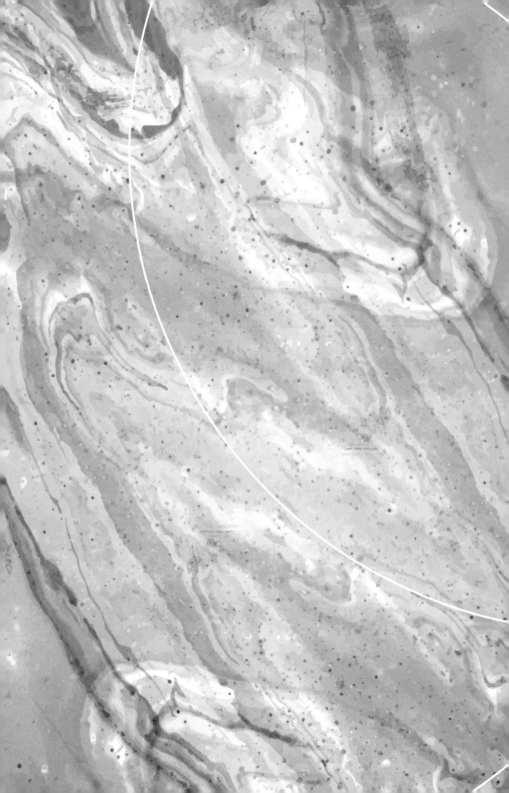

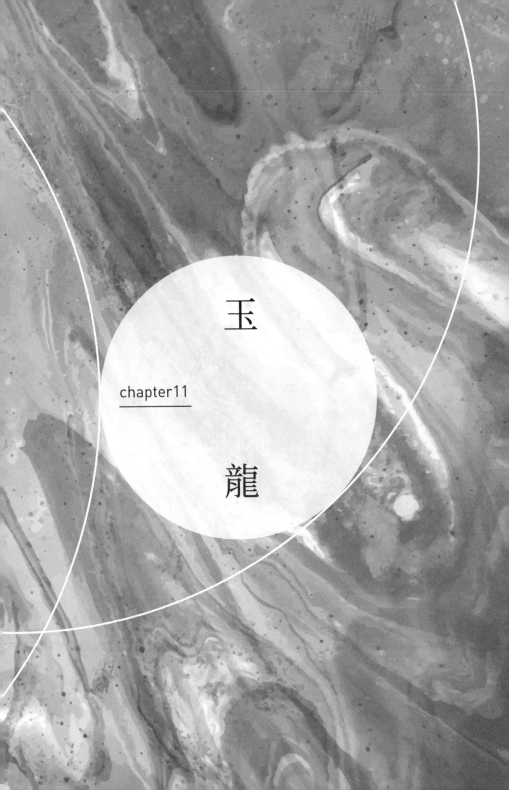

玉

chapter11

龍

沒有感覺，危機或變化。沒有飢餓。

沒有評判、糾正或天賦。沒有味覺。

沒有開放。沒有內外之分。

沒有喉嚨，沒有聲音與心智。

沒有死亡。

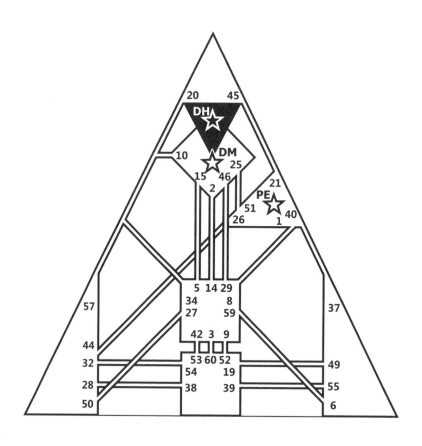

　　　　　　　　拉・烏盧・胡的人類大預言

在 Ra 被賦予這門知識時，讓他卡關的是各種形體的設計。不只是聚焦在人類設計上，而是所有其他形體的設計。這也成了啟示的一種模式。一天又一天，有某種形體被呈現了出來。身處於瘋狂的境地，裡頭還有許多瘋狂的課題，著實離奇。被超俗的高等智力不斷灌輸關於幾萬億年後的未來資訊，Ra 說他真的很難解釋這樣的經驗。而某部分的他，也曾問到：「知道這些要做什麼？」

但他也從未知道答案。他猜測將會有特定的水晶駕駛這些載具，任何觸及它們的訊息，都會留下實質上的影響，無論這種影響是什麼。開頭的材料是理解現在事物構造的必要因素。但未來呢？玉龍呢？天衛四呢？花兩億年繞行木衛二呢？你只能視之為故事而已。

根據聲音的說法，玉龍是宇宙整體的基礎展現。我們則是那基礎的構成元件。那個基礎是種單一生命。要用這種說法來理解剛剛講的話，根本就不可能。我們不知道要把這放在什麼脈絡來理解。我們以有限的方式認識「生命」。要搞清楚所謂的「宇宙是『單一生命』，而這個它又不是一個萬物的集合體？」其實不容易。能定義它的不在想像**裡面**，能定義它的是**超出**想像的定義。對於總體的定義幻想，真的無法言喻或想像。你可以用「無法穿越的環」這個十九世紀的詞句來稱呼它。

當我們開始談論、弄清玉龍，我們就開始觸及某個事實。

為了要讓水晶束離開木衛二，必須發生一個重大事件。這事件相當壯觀。事實上，在微觀宇宙裡，在我們渺小的生命中，我們慶祝它。

唯一個性進入整體

　　首先，你必須了解，當 Ra 初次談及「我們帶有個性與設計水晶」這件事，其實是騙了我們。他這麼做有其目的，我們在先前關於意識水晶的故事章節已經討論過。這兩種意識水晶在本質上都是設計水晶。我們所指涉的所謂個性水晶，只是另一種形式的設計水晶。並沒有真正的個性水晶（尚未出現）。事實上，它們是某種為了讓編程正確的「訓練載具」。這一切全都是為即將到來的整體唯一個性所做的準備。我們所謂的人類個性水晶，是一種設計水晶，它的任務是測試究竟自我觀照意識在形體中是否可行。我們對基礎結構進行測試，所以，當真正的個性水晶抵達玉龍時，它就能擁有可運作的載具。我們是為還沒到來的個性水晶先行卡位的設計水晶，當我們死亡後，會全數回歸為設計水晶。

　　在宇宙孩子的微觀宇宙裡，設計水晶的作用是什麼呢？它和磁單極共同運作，創建載具、創建有特殊用途的事物。關於我們的身體這個載具的一切，都是被建造來安置自我觀

照意識的可能性，當能夠接收到個性水晶時，這個意識的潛能就會浮現。事實上，這並不只是單純地接收水晶，而是把水晶召喚過來。將個性水晶召來的，是宇宙孩子的磁單極。

位於天衛四那兒的水晶束算是準備就緒了。就緒意指整體已經準備好接收它的唯一個性。宇宙是一個「它」。我們不清楚「接收」在宇宙的大比例尺上到底會是怎樣。我們一無所知。但某程度上有點像是迷你規模的大霹靂。我們無從得知這會發生在何處，不知道整體將在哪兒被滲透擴散。它將在一種我們無法了解的宇宙規模下，由外向內深入。我們只知道，由此而生的連鎖反應，會把水晶束從木衛二解開，最終並為伽利略衛星帶來毀滅。這將會是一件重量級的大事。當個性在宇宙層次上深入了整體，宇宙本身將會碎裂。這次的碎裂將以難以理解的方式進行。

以前，設計水晶碎裂後的每一個水晶都長得不一樣，唯有中心水晶的樣貌像是宇宙整體的微觀版本。但真正的個性水晶將會被完美地碎裂。這顆水晶的每一個碎裂面都會是整體的縮影。每一面都是精準的鏡子。它們本質上都會是能量中心，都將被召喚進玉龍這個載具裡。召喚它們進玉龍的，不單單是一顆設計水晶和一個磁單極。那邊會有**兩顆**水晶把它們召喚進去。其中一顆就是我們以前以為的個性水晶。我們所理解的這些人類的個性水晶，事實上都是設計水晶，之後將會成為提供**真正的**個性水晶所用的「大腦程式（brain program）」的基底。

每個玉龍擁有的個性水晶都一樣。這是用來創建獨特的整體宇宙個性水晶的機制，且將花上另外二十億年來進行。

　　得花上二十億年，宇宙整體才會準備好誕生。誕生成我們不認識的東西。宇宙要經歷的這些個二十億年，就像是人類嬰兒正式誕生的前三個月。

　　玉龍是一種（幾近）永恆的形體。它和我們所能理解的「生命」完全不同。天衛四將會成為宇宙整體的腦部核心。就恆星場來說，宇宙整體的這顆大腦十分巨大，且充斥著其對於微中子海的專屬過濾與啟動作用。宇宙大腦的核心、它的中央控制機制會位在天衛四的表面。

　　設計水晶並非只負責所屬形體的生命維繫而已，也肩負宇宙整體的生命發展。無論會迎向什麼樣的境界，設計水晶都需要演示其相對認知來供作基礎結構。

　　我們所討論的，是宇宙的個性水晶插進我們所發展的集體意識的潛在可能。這些曾化身進人類體內的水晶，也將進入玉龍過日子，它們的這段過程，將會是宇宙整體的物理壽命的重要部分。我們無法明白或理解在「外面」的生命模樣，就如同我們無法想像我們所處的「內部」生命是怎麼回事一樣。這是不可能的。但到底它會是什麼、壽命有多長呢？譬如，一千億年？或兩千億年？但這些真的重要嗎？

無論它的壽命多長，關鍵都在於載具有沒有可能被好好維護。

關於宇宙整體的諸多可能樣貌，都將由**我們**的設計水晶負責過濾（天衛四則會是宇宙的設計水晶核心）。那不會是單純的過濾，而是會產生影響的過濾。屆時，水晶將會開始對載具採取智能控制。所謂的智能控制，和我們人類受到外在程式編碼控制的經歷與掙扎不同，那不僅僅是執行模式而已。水晶將會變成程式，與此同時也**被**編碼。

「冰冷」還不足以形容天衛四上的寒冷程度。那種冷很難在實驗室裡複製出來。天衛四離太陽非常非常遠。就算太陽用其最後的十億年壽命來發光發熱，天衛四的寒冷也永遠不會消失。這是天衛四的絕對本質。沒有哪種我們所理解的生物能在天衛四上存活。我們面對的這顆天體，緊鄰天王星這顆巨星以及其抖動的電磁場。所以，天衛四就是陷在電磁海中的一個凍到極點的地方。

玉龍是一種四面的軀體，而不是像椎體的那種五面體。更精確來說，它有三個側面和一個正面，你可以用人類的一張臉有兩個側面這種方式來想像。但程度上來說，它不是那樣的。玉龍的迴路都是依據側面來運作，並且只會透過正面進行均質處理。你在這個章節開頭所看到的那張圖，就是正面的動態圖。玉龍的「正臉」相當重要。玉龍這個物體尺寸不大。它有點像是由石英構成的。純粹的石英，是這顆星球

上數量最大的物質，而且具有無與倫比的特性。它是一顆冰冷的石英體，而且不到一公尺高，有三個側面和一個正面。

它從未觸碰到衛星的表面。它只盤旋於電磁場上。如果你能看見它，你會看到的是永遠在移動著的三角形。那是可以被控制的移動。你擁有一個無生命的物體，至少就我們的理解而言，它被賦予三顆意識水晶，在一顆冰凍的衛星上、在一片電磁海上漂浮著。它們這麼浮動有個目的。而它們的目的就是一個正面。

有大量的水晶已經被消滅，而稍後到來的真正的個性水晶也相互抵消掉了。這些因磁力而懸浮著的玉龍，有一套將在 20 億年的進程中運作 10 億年的程式。實際上，它鎖定了環繞著衛星的球體，就像一顆巨大的水晶球。這些玉龍都將運作一套精確的程式，來銜接並形塑完美的表面，也就是整體的設計水晶。但天知道，這裡頭還有玄機啊！

我們人類喜歡「面對面」。好比戀人的擁抱就是一例。面對面對我們人類來說意義重大。而無論情人有多甜蜜，不管面對面的互動有多重要，到頭來，結束時就能轉身離開，總是某種解脫。但當你讓玉龍面對面可不只是一場小小的相遇而已——那將是一切。這個程式需要某樣東西來創造宇宙整體的設計水晶。它需要一種遠超乎人類想像的締結形式。玉龍就是設計來面對面相扣的。一旦它們鎖在一起了，就永遠不會解開。

你看見的是這些機制在龐大的意識系統組織中的壯麗演出，它們都是這個意識的構成元件。它們最終會藉由個性水晶的獨特統一性合而為一，但這個創造鞘的任務並不容易。我們談論的已不再是真正的無生物，而是確確實實的生命。

　　這個意識程式的完美之處在於它不需要生物學。這是它的重大成功。沒有感覺，沒有危機，也沒有變化。沒有實驗方式，沒有飢餓，沒有評判、糾正或天賦。沒有味覺。沒有開放。沒有內在的外在，像是鼻子、嘴巴和耳朵。實心而固定。沒有喉嚨，沒有聲音也沒有心智。沒有心智。這是最後的「大腦建造者」。這是沒有心智的。它創建並組織宇宙之腦。而且不會死亡。

　　在人類的設計圖中，欲望和服務這兩個能量中心從未直接相接。但當我們看著玉龍時，我們看到的不再是位於曼陀羅輪中的東西。這是一個嶄新的運作結構。如果你觀察介於欲望和服務中心之間的這條讓玉龍永生不朽的通道，你看到的會是 8-1 通道。在這兒發現 8-1 可真是有趣啊。分享不復存在。

　　你會發現，黑色的知曉中心區塊刺進了愛的中心。這是象徵性的。我們知道，舉例來說，在死亡與受孕之間，我們的磁單極與設計水晶不是分離就是相聚。這在玉龍身上別有意涵。請記住，玉龍的設計裡有三顆水晶。玉龍的設計水晶（來自我們地球的哺乳類世界）將會鎖在磁單極上。它們會

彼此相嵌。

而我們所稱的個性水晶，只是另一顆設計水晶，則將會被拉進愛的中心裡頭。它並不會被牢牢內嵌，而是有點像被拉進了磁單極與哺乳類設計水晶的軌道那樣。個性水晶將坐落在黑色的知曉中心上面的空間。但你看著的這個設計之中，並沒有真正具功能性的解決或知曉中心。在那個區塊的 20 和 45 閘門，將知曉從解決分離開來，我們可以把它們叫做「分享閘門」。但得認清這些都是底層的分享閘門。是它們在餵養那顆哺乳類設計水晶。

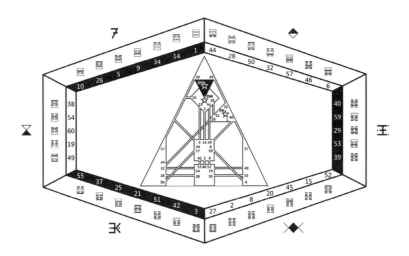

玉龍的存在有著許多必須做調整的地方。想想打從電腦問世後最常見的科幻主題「A.I.」，也就是「人工智慧」吧。

人工智慧換個講法，就是將獨立意識賦予無生物載具。巨大的成就已經達成，就是人類為電腦編寫出了「上帝代碼

（God code）」這類的「意識編碼」。它就在我們之中，因為它就在**我們**的未來之中。但玉龍並不是機器人。他們也不是電腦。他們是擁有特殊設計的意識體。

他們最主要的關切是移動，也就是導航。這就是我們有一顆直接嵌入磁單極的水晶的原因。駕駛與載具被盡可能地緊密結合在一起。關於他們的程序的完美與否，程度上與他們「能否辨別出那個真正獨特而自由的元素」的能力相關。這正是玉龍從人類身上繼承來的能力。那個被稱為人類個性水晶的東西，現在成了另一顆設計水晶。要搞清楚如何、用什麼方式、往哪裡移動，以便適應它者，將取決於這顆水晶。它將成為玉龍的**洞察意識**。這可是不得了的任務啊！它將憑藉其「能夠辨明它者的價值與正確性」的能力來運作。這個好處起源於人類個性水晶的進化過程，透過扮演個性的一部分，來學會這一切，為的就是準備建構出玉龍的這個結構機制。這不會太快。但到時候，你面對的就不再是個有心智的物種。而那就是它的完美之處。這並不是說玉龍就沒有選擇或決策的程序。制約元素依然會存在。但玉龍並不是人類。

關於玉龍還有某些有趣的事情。

他們將擁有深邃有力的同一性。每一個玉龍都是。這樣的同一性將在他們的一切移動中展現。想像這個位於電磁環境中寒冷而易碎的黑暗世界。這些小小的物體在搜尋、等待與過濾之際凋零。這全都是一場為了獲得連結的絕妙之舞。

這些面對面的神奇進程將會配對,並促使側面也相接在一起,從而建立總體存在那卓越非凡的管理樞紐。我們只有極微小的能力來理解箇中奧祕。它將重返磁單極這個無與倫比之處。

不論我們位於這神奇存有的哪個地方,我們總與磁單極這個了不起的元件相伴。磁單極讓事情得以發生。它是個非凡的構造,它最厲害的地方在於,將萬物聚集起來並維繫著。這個絕妙的能力讓我們能對準自身方向,好讓我們在宇宙行動,我們將這稱為愛。天衛四的磁單極永遠會為宇宙整體指引方向。宇宙整體的「生命」乃是磁單極管理的。當然,是磁單極將我們從「**我們**是分離的」這個幻覺結合在一起;但在這裡,磁單極所展現的是更奇幻的部分。有件事讓它與眾不同。那就是從人類身上接收過來的個性水晶。在這裡,(分離的)幻覺轉變成「獨特(uniqueness)」的幻覺。元件必須要能透過「它們是如何互相連接」的差異,來辨別是否找到了正確的鎖定面。當有了一個,就會開始越來越多,直到它們全都互相鎖定在一起。

對玉龍來說,能量中心的價值和我們所了解的人類中心並不相應。每個部分都有著不同的意義。先讓你知道的就是玉龍是個真正冷酷而完美的意識形式。他不會吃,不會睡,不會有性,也沒有搜尋的必要。我們浪費了太多時間在維繫自己的生命。玉龍將是意識的完美盒子。據聲音所言,那就是我們的未來。

我們人類是「內在的故事」而非「外在故事」。唯一的外在故事是我們在這輩子被賦予的一切錯覺，但這些都是娛樂罷了。我們是內在故事。我們都是機械。我們都是機制。這就是現在的我們，只是我們不知道。我們是宇宙程式所控制的機制。你覺得，幾萬億的微中子每秒鐘穿透整顆地球是怎麼回事？那地球上每一個意識體的訊息，被以光速朝宇宙各個方向發散出去，又是怎麼樣的情形？1781 年發生了某些改變已經不是新聞了。你旅行好幾百光年，你覆蓋了各種領域的方方面面。我們一直都在編碼整個宇宙，就像它對我們進行編程一樣。這是一種生物回饋，我們現正處於一個我們無法有意識地控制的舞台。但玉龍可以辦到。他可以用這個身軀完成這件事，而這也是他必須做的。那個身軀就是**我們**的身體。玉龍會履行這個理解。

未來大概會有 1 億個左右的玉龍。Ra 說他知道確切的數字，但他老覺得精確數字很蠢。未來會進入玉龍的大部分水晶，將會在地球末日時轉世，

也有特定的水晶束將會參與這個玉龍的程序。這同樣會發生在哺乳類水晶。當玉龍最終掌控了他的身體時，將會改變宇宙的形貌。玉龍的唯一獨特面向是源自人類的那顆個性水晶。我們用人類術語所謂的「孩子」來稱呼這個尚未誕生的宇宙，但那只是某種比喻，千萬不要產生錯誤的思考。我不認為有任何人能夠捕捉到這種宇宙生命誕生時的可能樣貌。聲音跟 Ra 說過：「宇宙代表了一種生命，但它尚未誕生」。

這是他聽到的精確說法。是玉龍把這個宇宙、這個還沒誕生的整體，帶到準備誕生的外在世界。這個整體有唯一個性，而玉龍則在宇宙規模上提供了類似人類新皮質的東西。

　　要把我們對閘門的已知詮釋用在玉龍身上時，請務必謹慎。就像人類拍攝的電影裡，外星異形的形貌總類似某種生物體，因為那就是我們唯一理解的生命模式。我們很難把玉龍喚作生物，所以最好還是用玉龍稱呼就好。我們面對的不是那種會入世然後離世或者演化的物種。在此，我們獲得的是終極的答案。這就是完美的形體原則。再也沒有進行突變實驗的必要了。它有著無與倫比且幾乎堅不可摧的特性。這

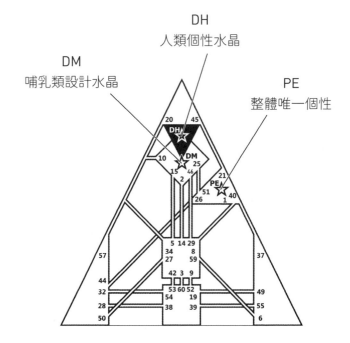

是覺醒的自我意識。它在本質上是社會化的，在感官層次上，每個玉龍都有所差異，但他們全都被精心編排，以運作出極佳的和諧。

如果我們不採用基因概念來面對閘門，就得以不同的角度來看見他們的價值。玉龍的閘門不再是基因編碼。它是一種與生俱來的固有編碼，以恆常不變的基礎結構運作。我們試圖以人類的語言表述它。在玉龍的設計裡，你看見的是微中子海如何影響這個特殊物體的電路圖。

唯一存留的能量中心，或者說，唯一相同的就是愛的中心。我們已經知道裡頭沒有解決中心，但有了造型奇特還附加一個閘門的欲望中心。

玉龍是一個巨大的回應機制。服務的能量中心是一切的核心，它也取代了往昔所有道路相接在一起的那個分享中心。在意識的驅使下，被產製出的能量有著更多的任務。能量中心本身的價值會完全不同。試圖用任何我們已知的價值來與它們打交道，都將一籌莫展，此外，Ra 被告知的某些事情充滿細節，但有些則是連解釋都沒有。

玉龍是沒有心智的生命，因為那並不重要。他們將大大受到自身的兩種覺察變體影響。而心智不是他們的東西。玉龍並不是個性，但將是個性的基底。玉龍的存在不是為了在心理上對任何事情產生興趣。他有更優先的目標，且當然也

有他的身分特徵。玉龍與幾何學及研究調查的連結更深。你可以把他看做一種多重通道系統，透過共性鏈結，這個機制注入冰凍的二氧化矽，與意識一同運作。這個意識是鮮活的，我猜這是它能被展現的唯一方式。載具不算活著、也沒有死去，它是單純的無生物，但意識則在裡頭存活。這個灰色區塊為意識灌注了生機。這個程式是個非常巧妙而精確的形體，這個形體就只是單純讓意識駐守其中。如同我們所理解的，形體本身並不依賴意識。它就只是水晶基底的頻率產物。

你可以看見玉龍有三顆意識水晶。

名為 DH 的是源自人類的設計水晶。而 DM 則是來自哺乳類的設計水晶。PE 則是源於中心水晶系統的個性水晶。PE 水晶坐落於我們所稱的欲望中心，但我們不能把這個名字用在玉龍身上，我們沒有和它相稱的名字可用。

所有的玉龍都在同樣的時間被創造，所以出生時的木星或土星位於何處已經不再重要。他們被以截然不同的方式編程並留下印記。我們擁有的玉龍相關知識是模糊晦澀的，這門知識和我們所賴以為生的那種完全迥異。

「孩子」這宇宙實體的組建與成長，是個偉大的奇蹟。某程度上，它會擁有一種生命，無論這到底意味著什麼，它將出現在所屬的任何維度。當你看著玉龍設計裡的灰色區塊，你會獲得超越性的體驗。畢竟，我們可以把這些偉大整體的

構成元件，視為一種奇點。

每一顆玉龍的個性水晶全都一模一樣，所以，玉龍被設計來支持的那個宇宙心智的潛能，將被普遍地展現出來。為了提供個性最佳感知優勢可能性，玉龍必須建立的參數標軸就位於設計圖裡的那三個角落以及駐有 PE 的能量中心。這是提供整體心智協作的藍圖。別忘了，玉龍並非生命體。不是玉龍的身體在活，活著的是其內的那個獨特的意識。這正是我們所說的奇蹟。

你得明白，諸多存在皆有這麼一個命運；就是他們的意識水晶將搭乘玉龍這艘無與倫比的載具，越過「無法穿越的環」，進入只能以「難以想像」來形容的維度。要確實理解我們與我們身而為人的掙扎奮鬥，最終能透過啟示來掌握「我們是形體原則與其意識的體現」這個道理。如果我們不能落實運作這些形體——我們這種人類形體——就無法獲得我們應得的報酬。但形體原則終究不會再浪費時間閒晃度日。它將成為某種神奇的定型。而這個奇異的東西，我們稱之為玉龍。

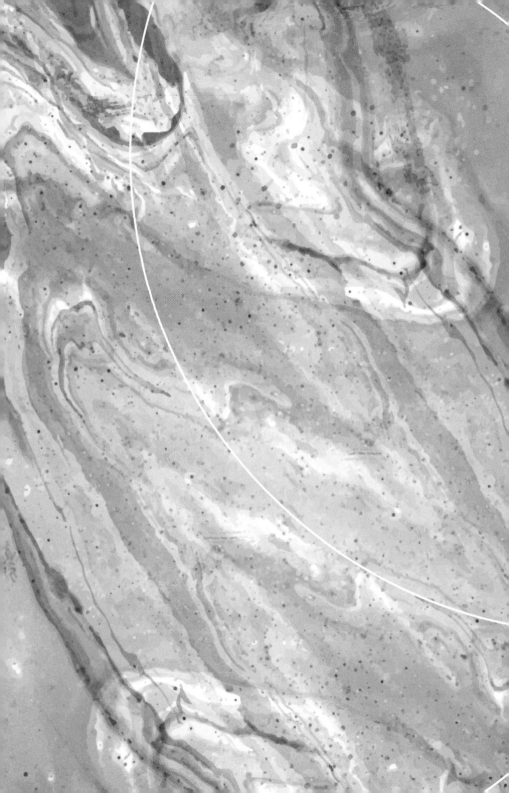

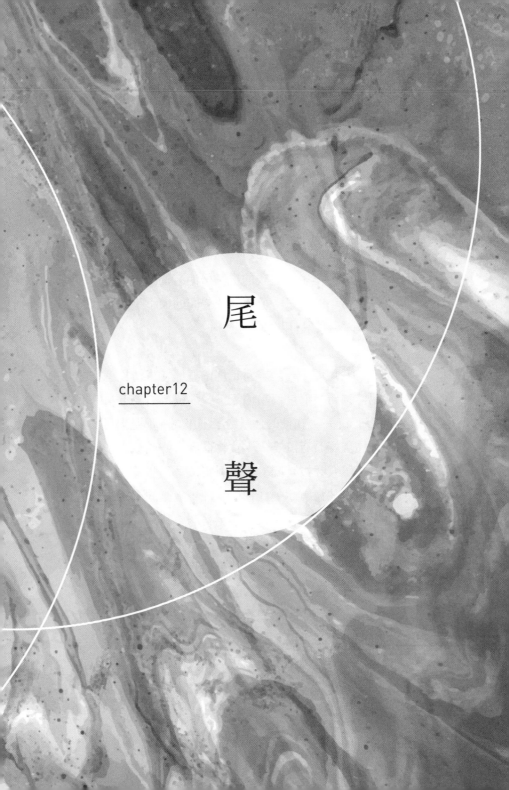

尾

chapter12

聲

從我出生那刻起陪著我走過人生旅程的一切，在某天被打碎了。要能繼續活下去，除了破壞之外別無他法。這發生在我獲得「奇遇」經驗的幾年以前，當時我管理著某間實驗學校。我有一群令人讚嘆的孩子，年紀約莫 13、14 歲，他們透過自己的意識進行實驗，至少我認為是如此啦。教育的公共制度總是衝擊著我，他們花了十個月傳授的內容，其實你用一個月就能教完。當時我確信，自己能帶領這個年紀的孩子打開完全不同層次的心理與智力眼界，是說，他們已經不算小孩而是青少年了。在我的房子後面有個開放空間，那其實是一間非常小的房子。但這開放空間的大小足以讓我將之改成教室。因為我只有四個孩子。

　　那時，我展開了一場非常奇怪的經歷。事情是怎麼開始的？我記憶猶新。那是個星期天，我那位自稱為上帝的朋友法蘭克（Frank），在他的住所辦了場午宴。那是十月底，我還記得到達現場時有許多人。食物擺滿了好幾張桌子，大概有 25 到 30 個人穿梭其間。我不斷張望著那些食物，同時理解到我的內在並沒有想要任何的東西，這真的不太對勁。會說這不對勁，是因為我當天沒吃早餐啊。我沒有肚子不餓的道理。食物全被漂漂亮亮地展示著。有好幾盤的菜餚被放到我眼前，但什麼都沒發生。也就是說我停止進食了。我並沒有節食，雖然這過程看起來像是我在節食。

　　但我並沒有節食。我只是不餓。這真的很奇怪。我就是不餓。所以，我開始經歷這個對我來說算是有趣的過程，雖然當時我搞不清楚箇中原因。我活在一個二元的世界。我教

導那些年輕人宇宙的歷史，也只有自我中心（Ego）有定義的人會企圖用四個月辦到這件事。所以，當我開始一面經歷這個過程時，另一方面的我，則是這輩子首度接觸神祕學著作。

我的業力以愛麗絲貝利❶的三本書作結，被稱為藏人與神智學社會（Tibetan and Theosophical Society）的這些書，是十九世紀的神祕占星學，企圖整合基督教與印度／婆羅門神祕論，並想方設法將它們結合在一起。那些語言對我來說相當困難。那是複雜而麻煩的文字風格。我是個喜歡簡單事物的人。我討厭那些難搞的、只陶醉在自己喋喋不休的嘮叨裡，卻又無法帶你走向何方的東西。他們就只會帶你繞圈圈然後對你說：「喔，如果你是『九地善慧❷』的學生，就會了解這個概念。」然而，裡頭還是有一些微小的寶物，就是他們所呈現出的**創造的程式**。我沒有進食，也沒有真正睡著。

---

❶愛麗絲貝利（Alice Bailey）生於英國，是十九世紀率先使用「新時代（new age）」一詞的神智學作家。著有二十餘本探討靈性與宇宙間的關係的著作。據稱她的大部分著作都是由稱為「藏人（the Tibetan）」或「D.K.（Djwal Khul）」的智慧大師透過心靈感應傳訊所得。Ra 會接觸到這些書，應該與他進行宇宙史的教學有關連。

❷依據《華嚴經》所述，佛教徒的修行覺醒共有十個層級，第九地（ninth level）被稱為「善慧（Good Intelligence）」，意指對於教義的各個面向都有完美無缺和非常廣泛的理解，也可以無礙地為人說法。

每晚我大概只睡兩或三個小時而已。我覺察到「某些事機械式地發生在我身上」這項事實。那就好像我的心智被開啟了全新的領域。而這件事最奇怪的地方在於，它好像既不通俗也不神祕。這個程序和量子有關。這就是在我身上覺醒的東西。

我想，我的智力在很多方面已經被制約與訓練得非常通俗而失去平衡，我的盲目讓我無法看見，看不見呼吸之間的神奇。但在另一方面，則能看清一切事件的運轉。我那傲慢的西方智性經歷，被粉碎了大半，但也沒被那些被動的、屬於東方的瑜伽派的態度給取代，我獲得的是別的東西。那是別的事物。對我來說，有趣之處在於：隨著每一個週期，都有不同的事情發生。那真的不一樣。所以，我繼續教導那些孩子，也邊進行著漫長的禁食。當然，他們顯然也開始發現這件事了。

我已經住在那棟後來與聲音相遇的房屋。不過當時，我還住在主屋。房子後頭是個廢墟，它位於另一個坡地上頭。這個廢墟只有一個修繕完畢的房間。我後來就是在這個房間裡，獲得了延伸的「奇遇」。不過那時住在這房裡的是個名叫提姆（Tim）的英國詩人，他寫的詩很棒，帶有結實的十九世紀風格，此外他也手做了許多能讓你掛在天花板、任其上下晃動的美麗蝴蝶❶。他是個有趣的人。在早上，你可以看見他以跏趺坐的姿勢，坐在坡地上做梵語吟唱。他曾擔任克里希那穆提❷的私人助理多年，跟他一起在印度及加州生活過。

我則提供他在這兒過生活的處所。

在我不吃不喝的第八天，他下山來。他非常擔心。他對我說，我是個初學者而且不知道自己在做什麼，這樣搞可能會損害我的系統。

他堅持我應該停止禁食。我回他道：「我沒有禁食。我只是不吃東西而已。」這是兩回事。儘管如此，他還是不懂我的意思。所以，他繼續跟我說他已經為我調配了某種草藥。他把藥給了我，要我在一天裡分幾次配熱水把藥喝掉。這個藥會清除我的腸道。他擔心這些可能在你體內積聚的東西，以及那些在你停止禁食時釋放的毒素。在那個時候，我已經不吃不喝八天之久。但我渾然未覺。

在日後回顧我和聲音的奇遇的其中一件有趣的事情，就是當我離開北美時，我的體重大概是 77 公斤左右。而在我遇到聲音時，我只剩 54 公斤，在那之後我的體重從未超過 61 到 63 公斤。我的身體經歷了準備期。基本上，我身體的脂肪都被移除了，我看起來就像是一個「健康浩劫的倖存者」，

---

❶在本書第一章裡，作者在描繪 Ra 的奇遇時提到這些蝴蝶吊飾是一個法國藝術家做的，這個由 Ra 自述的章節則寫道那是英國詩人做的，本書謹照原文翻譯。

❷克里希那穆提（Krishnamurti）是印度哲學家，被喻為二十世紀最偉大的靈性導師之一。

如果你能想像的話。回到剛剛的故事，我的禁食經歷超過了六個星期。那就好像進入了另一個空間，後來看到自己的模樣，簡直就像幽靈般怪異。而這是我的個人初體驗。我從不知道這樣的事情。我覺得這太妙了。我感覺不到渴望、也沒有失落。我也發現到，我擁有的時間更多了。這個過程是如此令人驚訝。後來，我理解到我們到底花了多少時間在思考關於採購、準備食物、吃喝、整理乾淨、拉屎，然後重頭再來一遍這些動作。這真是無窮無盡。在你不吃不喝時，你能擁有的時間，多到不可思議。那真的很神奇。

總之，有些事情顯然非常奇怪。怪事正在發生。時序已經進入天蠍的月份。我有一個朋友，是個真正的薩滿巫師，饒富二十世紀晚期的薩滿典型，還是個天蠍座。我和天蠍男鮑伯（Bob）以及法蘭克約好要一起嗑K他命。我們三人會在法蘭克他家碰頭。那是個典型的天蠍座十一月。天黑得不可思議，卻又充滿了光與陰森氣氛。老舊的泥路貫穿了果園，那些冬日裡的樹木，在傍晚星光的陰影處，看來相當駭人。它們是活生生的守門人。有時它們看起來就像惡夢。我還記得驅車前往法蘭克家的那個夜晚。它永遠地改變了我的生命。那天是感恩節。沒想到它原來竟是屬於我的感恩節。它是我的「起點」，是關於「如何看待生命」以及「這又是如何到來」的徹底轉變。那是你無法追求、不可能盼望，沒辦法搜尋，甚至也無從等待的。甚至連等待都是瘋狂而愚蠢的。沒有什麼可以做的。就只是呼吸。一口氣接著一口氣的呼吸，那或許、可能、說不定——

顯然我是非常幸運的。關於「別無選擇（no choice）」還有什麼好說的呢？

所以，我們三個聚在一起，為了這場薩滿體驗而注射K他命。後來，法蘭克昏睡了過去。鮑伯感覺不是很舒服，蜷起身子睡在火爐的一角附近。我面前有一張咖啡桌與一個籠子。那看起來像是個巨大的皮籃，裡頭丟了各式各樣的東西——包括書、筆，以及寫字紙之類的東西。而我，則身處於這個美麗的郊野莊園。那兒有隻貓，

我坐在稱為入口（entrada）的正堂處，看見這隻黑貓走向前門，想要出去。我並不想有什麼動作。然後那隻貓開始對我講話。這是個有趣的時刻。所以我起身走過去，打開門，讓貓出去，接著把門關上。我回到爐火旁坐下。我就只是放空地坐在那兒取暖，大概過了 15 分鐘，門打開了。它就這麼開了。那些都是厚重的木門，而且我之前有把門關上。我的確關了門，因為那是個寒冷的夜。但是，那門就是開了。我揣想，好吧，或許我剛剛沒有關門。所以，我起身、走向門並再次把它關上。這次我真的確定有把門關好，回到火堆旁坐下。

不知道過了多久，可能是幾分鐘，大門再次被開啟。門被打開的當下，我有兩個反應。首先就是常見的寒毛直豎。這是我的第一個感覺。接著，非常從容地，我看著那隻貓走進屋子。貓回到房子時，我的胃突然間絞痛起來，痛得鮮明

至極。那是會痛到讓你叫出「哎喲喂呀」的程度。這已經是我拿到草藥後的第六天，而那玩意兒理當馬上有效，至少在24小時裡就會清理我的腸道才是。但六天後的當時，因為身體太虛弱了，我突然絞痛到無法置信的地步。我走進屋內的浴室，發現我並不想待在那裡，於是就抓起一整捆的衛生紙，從打開的大門離開房子。

在房屋的右前方是個果園。當你走進果園，那兒有株相當巨大而美麗的橄欖樹。我走向橄欖樹，在樹下蹲著，想看看自己能不能擺脫那些絞痛。當我坐在那裡時，我可以看見滿月。月亮已經升到房子的上方。我蹲坐在被夜幕籠罩的橄欖樹下向外望去。月亮就在我面前。從你身體裡排出的東西可能非常不可思議。那就像是黑色的油。那著實令人吃驚。在這場經歷之後，我不認為我會再有這種程度的內在清理過程了。在我排泄而月亮也持續升高時，我聽到了什麼。它沒有消失。在我凝視著月亮並承受這絞痛的過程裡，我聽到了一個聲音。那顯然是女性的聲線。它說：「這聽起來好像一架飛機啊。」而那聲音聽起來確實就是那樣。它聽起來就是飛機。但那聽起來像是一架不會靠近也沒有飛離的飛機。它不具備都卜勒效應❶的特質。只有這個飛機所發出的非常奇怪的哀鳴聲。我無法將這聲音從腦袋趕出去。所以我就繼續那個清理自己的程序。但天氣真的有夠冷的。

我回到屋子裡並把門關上。我坐在爐火旁邊取暖。我猜我必須坐在那兒大概十分鐘，等到門被打開以及肚子的絞痛感再次來襲。所以我回來，然後做了同樣的事，從頭到尾再

次重複。月亮變得更大，並已高掛夜空。而那個聲音持續存在著。那幾近惱人。我一次又一次清理自己、進入房子、關上門。我回到火堆旁坐著。而當我坐在火堆旁時，我看著面前的籃子，那看起來就像是間文具店，有著待售的可愛小書，書的內頁完全空白、也沒線條。

我記得我從籃子抽了一本出來，發現書裡空空如也。上頭沒有任何文字。

籃子裡還有支非常美麗的筆。它具有某種質地。這筆是金色的，我記得我把它拿在手上。但我不知該如何描繪接下來發生的事情，因為我人並不在那裡。我猜我是昏厥了。我不清楚那是怎麼運作的。我只曉得在我回神，或者說至少相對有了點意識時，我重返到這個我所謂的世界，而那本書已不再空白。它被填得滿滿的。當我翻頁時——沒有任何語言能夠描述那種「明明不理解、但就是知道某些東西的意義」的狀況。我不知道該如何解釋——我辦不到。書裡滿是我不認識的字符、數字、形狀和文字。有人說這叫**自動書寫**（automatic writing）。但我不知道要如何稱呼這種事。我的

---

❶都卜勒效應（Doppler effect）是奧地利物理學家都卜勒在1842 年發現的物理現象。指的是當波源和觀察者有相對運動時，觀察者接受到的波頻與波源發出的頻率並不相同的現象。好比火車朝我們駛來時的鳴笛聲變得尖細、離去時鳴笛聲變得低沉就是都卜勒效應的例子。

「載具」寫下了這所有的圖文，而我的「乘客意識」則是在度假，完全不在圈內，對我來說，這仍是生命中十足神祕的事件之一。這是一本無與倫比的神奇之書。書中有許多我不明白但有所領會的事物。我花了十年，才終能確實有意識地明白這本書展現在我面前的某些東西。但發生在我身上的到底是什麼──我真的不懂。

這本書對我而言十分神聖。它是我跨越了某種界線的證物。它讓我不再是部主觀的電影，轉而成為一種客觀的經驗。對我的意識而言，這是相當重要的一步。這是我的證物。只屬於我的證物。它不是、也無法是別人的根據。但對我而言，它證實了生命的多重性、我們看待事物進行的方式，以及各式各樣的力量。

沒有人曾看過這本書。這是本魔法小書。我搖醒我的朋友並對他說：「你絕對不會相信！你絕對不會相信！沒有人會相信的。你真該看看。它完全就是來自異世界啊，太不可思議了！」但他答道：「你在鬼扯什麼啊？我只想好好睡覺，不要吵我啦！」我接著說：「你一定得看看！」他回：「我不想看！」於是我說：「好，那你就永遠看不到。」我在三個月後把書燒掉，但那又是另一個故事了。

它十分不可思議。也非常難以置信，因為我很清楚書裡的玩意兒不是我的意識記憶體所能擁有或與之產生聯繫的東西。它就像是本科幻小說。我對天發誓，它絕對是部無與倫

比、一等一的科幻故事。當中揉合了驚奇、恐懼與興奮。它太令人驚異了。當我握著它時，手就像是被火燒到一樣。那也是我第一次得以看見 G 這個摺疊循環的奧祕。喔，G 真是了不起。我花了好多年才掌握到我在那個狀態下所繪製的這個簡單圖像。它太神奇。書裡滿是這些符文，這些與你相關聯的基礎符文。更勝於此的怪異之處是，如同它們奇特的存在，我知道它們屬於我。某程度上，它們屬於我。它們是我的。這不是某種被撿起來的隨機「傳真」。我很清楚我必須以完全不同的觀點來看待我的過程。順帶一提，但不是在那一夜。

所以，我手握著那本書坐著，我打開它，看了其中一頁後把書闔上然後咯咯地笑。

我不知道該如何描述。那就有點像是你發生了車禍但沒受傷，然後你笑了出來的感覺。我翻閱那些書頁，然後闔上，接著就是笑聲與驚喜。這是種驚喜。啊，真的是驚喜。沒有「這到底打哪兒來的？」的疑問。只有這絕對的驚喜。

接著，當我經歷了這頭暈般的過程後，門打開了。有些怪事是無法用合理方式理解的。沒有能打開門的風。而且門是關著的。我不知道是什麼打開了門。這也是我被「碎裂」的一部分。或許那門根本沒被打開。也可能我就只是看見它開著然後走了出去。我不知道。因為當你身處於這樣的體驗時，你就像在氣泡裡。氣泡是個魔法。神奇的不是你。身處

於氣泡之中是種意外的機緣。是的，它很有趣，但那是個氣泡，終究是個氣泡。門開啟。我終於不再感到絞痛，這是好事，畢竟那真的有夠痛。那兒有件法蘭克在穿的披風，那是那種附帶兜帽的厚重毯棉披風。

法蘭克身形十分高大，比我大上許多。他可能有 188 至 190 公分高而且骨架魁梧。所以，那是一件很大的外套，而我冷得要命。我不想在外面受凍，所以我伸手抓過這件披風，披在我的肩膀上後再用兜帽把頭蓋著，往外走去。

我不知道我在外面幹什麼。我只是順著經驗之流。我走到外面，走下階梯。我發現下樓梯時，我竟然能看見眼前的我的身影的不可思議細節。你必須是住在鄉間，才能知道月亮的陰影有多令人難以置信。

在這一刻，我肩膀上方的月亮又大又圓。走到階梯底部時，我轉過身來看著那顆滿月。當我站在那兒，望著滿月時，我又聽到那個聲音、那個「沒有都卜勒效應的飛機」了。我已品嚐過驚奇。我已體驗過興奮，但我可沒準備好要面對恐懼啊。

有所突破是令人興奮的，但接著，你在哪裡呢？你不再身處於任何一個自己知道或了解的地方了。有個東西物理性地抓住了我，用那種大人抓著六歲小孩的方式，雙手緊抓住我的前臂與肩膀，然後把我轉過身來。就是那種感覺。那是

個糟糕透頂的經驗。我沒有任何辦法可以描述它。

幸運的是，我已經禁食好長一段時間，因為我告訴你：光是現在想到那個經驗，就喚起了我心中的恐怖。

被那樣一把抓起然後轉身。接著，更怪的事情發生了。在旋轉的同時，我可以聽見公雞、狗、馬兒和鳥——全部都在叫。狗兒吠著，而遠方某處的馬兒也嘶鳴著。在我被轉過來時，我望著東方的地平面。我看見太陽的日冕開始浮現，那是微小的、剛剛破曉的晨光。但在光裡頭，有一個炙熱的白點。一個高溫的白點——它美麗至極——就在地平線的邊緣。在右側則是一個小污點。當我看著那個熱點和旁邊的汙點時，我喪失了意識與眼界的尋常感知力。就好像是被運作中的閃光燈閃到眼睛一樣。但那個閃光燈有多重色彩與基本的模式。

那感覺就像是我被淋浴，幾乎是沐浴在模式之中，被流動的模式、來自源頭的流動淋濕一般。持續的時間我覺得沒有超過一分鐘。但對我而言，那似乎是永恆的。我不知道我能不能活下來。對於發生在我身上的一切，我全然沒有頭緒。而被抓著轉圈的我，仍處在全然的腎上腺素狂潮中。

當這一切停止時，陽光已布滿天空。在黎明時分，這顆太陽以不可思議的速度躍升。我聽見法蘭克從屋子走了出來。他問我在幹嘛。我對他說：

「你有聽到嗎？」

「聽到什麼？」

「你有聽到嗎？」──因為我腦中的那聲音實在太大。

在持續了三或四個小時之後，那聲音才離開。

那個早晨我所張望的地平線，剛好是太陽、水星與哈雷衛星的三重合相。這是我怪得可以的神祕奇遇之一。我從來不知道這種事真的會發生。我曾挖苦、嘲笑、輕視這種事。對我來說，這些故事、童話之類的玩意兒，似乎──都不是「事實」。某程度上，它們不過是失敗的心理狀態的副產品。我不相信上帝或神格。我沒有任何信仰。我跟很多人一樣，差不多就是個自戀的虛無主義者。

但是，後來──轟隆！我的人生走到了這一夜。

我所以為的世界全數消失。

什麼都不見了。在那一刻，我不再相信任何事了，我辦不到。

我理解到人們是如何盲目，他們看不見存在於每個地方持續運作著的力量。我的整個人生改變了，一切都變了。

從字面上看來，我開始死去。我這個聰明的西方人，突然間就這麼邁向死亡。關於自己的一切，都不再與我所理解的知識潛力有任何連貫性。全都破滅了。

神祕的力量的確存在。我曾遇過它們。有些訊息來自異地。然後你獲得了這些訊息。你可能被空氣一把抓起，像個玩偶般被翻轉。憑藉我全數的深厚智力來理解，那真的壓得人喘不過氣。實在可怕極了。

　　這些力量到底是什麼？它們想要的是什麼？
　　它們有想要什麼嗎？這到底是怎麼回事？
　　這是我與聲音相遇的旅程之始，這是旅程真正的起點。
　　我因此完全打破了與正常生活的一切連結。

　　我就只是狂野地活回本源。回到我以及我們每個人的幻覺源頭。
　　這是件要事。我不得不消化它、領會它。
　　我必須要放棄我的世界。而我真的這麼做了。
　　我放棄了一切。
　　一切都是謊言。
　　一切都沒道理。
　　這是個盲目的世界。
　　這世界充滿著妄想與錯覺，來支撐所有的自欺幻象。

　　有些力量能在夜裡把你翻身。所有人都被困在世俗的層面裡，而我則是山上的野人。

　　我無法重回這個世界了。因為它看起來太粗劣、愚蠢、庸俗而不淨。

我停止飲食，一周又一周再一周地不吃不喝。我就只是坐著讓太陽餵養。這是件怪事。

但我很平靜，因為我體內儲存的這些東西，慢慢開始從我身上濾出。

解構完成了。

我猜這些際遇，是與聲音相遇的準備階段的序曲。我不知道後來會發生什麼事。我毫無頭緒。在這當口，我就只是死撐活賴著。我不知道接下來的人生發展。沒有人能知道。你無從得知……你觸及了另外一面，所有規則都改變了。

一切都不一樣了。

——Ra Uru Hu

ch12 尾聲

關於作者

　　史蒂夫羅德斯（Steve Rhodes）是班圖（BaanTu）的創辦人。他身兼英倫音樂家、電腦工程師、作者等多重身分，還是一間唱片公司的老闆。出生於奧地利，在搬到倫敦之前，他主修機械工程管理。就讀大學時，史蒂夫從海選中贏得全國最佳音樂新人的頭銜，並與哥倫比亞唱片簽約。隨後陸續在各大電視、廣播與其他媒體展現才華。2010 年時，史蒂夫在倫敦經營名為「半人馬座阿爾法星（Alpha Centaur）」的頂尖錄音室，包括肯伊·威斯特（Kanye West）、米亞（M.I.A.）和流行尖端樂團（Depeche Mode）等音樂人都曾在這兒錄音。對史帝夫最新的音樂有興趣的話，請上 marquii.net 聆聽。

Ra Uru Hu

　　羅伯特・亞倫・克拉克沃爾（Robert Alan Krakower）在 1983 年留下元配、拋開工作與家庭之後消失無蹤，最後被宣告死亡。後來，他改稱自己為 Ra。他本來在加拿大經營一間媒體公司，曾拍出史上首批搖滾樂影片的某部分作品，以及一些電視廣告和流行節目。他的人間蒸發在地中海的伊維薩島結束。過了幾年沒錢的野人生活後，他 1987 年 1 月經歷了改變人生的奇遇，他遇見了聲音。而 Uru Hu 這個稱號，也是聲音給他的。

拉 · 烏盧 · 胡的人類大預言
The Prophecy of Ra Uru Hu

作　　　者／史提夫·羅德斯 Steve Rhodes
總 策 劃／陳冠達 Eric Chan
譯　　　者／Lallen Sai
特別審定／deeps gwai
特約企劃／KL
美術編輯／劉曜徵
編輯協助／Wendy Tzeng

總 編 輯／賈俊國
副總編輯／蘇士尹
行銷企畫／張莉滎 · 黃欣 · 蕭羽猜

發 行 人／何飛鵬
法律顧問／元禾法律事務所王子文律師
出　　版／布克文化出版事業部
　　　　　台北市中山區民生東路二段 141 號 8 樓
　　　　　電話：(02)2500-7008 傳真：(02)2502-7676
　　　　　Email：sbooker.service@cite.com.tw
發　　行／英屬蓋曼群島商家庭傳媒股份有限公司城邦分公司
　　　　　台北市中山區民生東路二段 141 號 2 樓
　　　　　書虫客服服務專線：(02)2500-7718；2500-7719
　　　　　24 小時傳真專線：(02)2500-1990；2500-1991
　　　　　劃撥帳號：19863813；戶名：書虫股份有限公司
　　　　　讀者服務信箱：service@readingclub.com.tw
香港發行所／城邦（香港）出版集團有限公司
　　　　　香港灣仔駱克道 193 號東超商業中心 1 樓
　　　　　電話：+852-2508-6231　　傳真：+852-2578-9337
　　　　　Email：hkcite@biznetvigator.com
馬新發行所／城邦（馬新）出版集團 Cité (M) Sdn. Bhd.
　　　　　41, Jalan Radin Anum, Bandar Baru Sri Petaling,
　　　　　57000 Kuala Lumpur, Malaysia
　　　　　電話：+603- 9057-8822　　傳真：+603- 9057-6622
　　　　　Email：cite@cite.com.my
印　　刷／卡樂彩色製版印刷有限公司
初　　版／2019 年（民 108）05 月
初版 4 刷／2021 年（民 110）08 月
售　　價／450 元
ISBN ／ 9789579699785

拉·烏盧·胡的人類大預言 / 史提夫·
羅 德 斯（Steve Rhodes）著；Lallen
Sai 譯 . -- 初版 . -- 臺北市 : 布克文化
出版：家庭傳媒城邦分公司發行 , 民
108.05
　面；15x21 公分

ISBN 978-957-9699-78-5（平裝）

873.57　　　　　　　　108003803

城邦讀書花園
www.cite.com.tw
布克文化